牛津是一个很容易找回**自己**的地方

大家都在这里找回了自己吗**？**

牛津的夏天
——海德里道28号

Summer in Oxford

中央编译出版社
Central Compilation & Translation Press

　　这书里写的是牛津城的日子，有对爱的理解、对钱的理解、对孝的理解、对人的理解、对生命的理解。

　　——倪萍（著名媒体人，《姥姥语录》等多部畅销书的作者）

　　信仰让我们拥有浊世之清、污世之净、闹世之宁、动荡之定。拥有一种信仰，然后在爱与被爱里缠绵，而不是在它里面挣扎。

　　——杨志军（著名作家，著有《藏獒》等）

　　这是一本很有趣的书，尤其书中的一些人，一些事儿：李甜樱、陈盛世、张树碑、白老师、哈瑞、静好、珍妮、博士夫妇……

　　——林少华（著名翻译家，译有《挪威的森林》、《海边的卡夫卡》、《罗生门》等）

It is interesting to see the UK from their and your viewpoints!

Warren Buckland（英国牛津著名电影研究学者）

牛津的房子朝向混乱，绝大多数猛一看判断不出朝向，再看看，还是辨别不出，至少我是始终辨不清楚。还有些房子倒是像英国的巨石阵和我们中国闽南的土楼那样，围成一个圆圈、椭圆或半圆圈，成为相对独立的社区。只知道它们并不朝南，也并不完全朝哪个方向。

　　我曾经住在牛津海丁顿山附近的海德里道28号，我的小房间在二楼朝院子的方向。我们的海德里道28号大门朝东北，由此推算我的窗户应该是朝西南方向。牛津的夏天美得无以言表，却短得稍纵即逝，而春天、秋天特别是冬天漫漫悠长，我的房间因西晒而日照充足，暖暖洋洋，很是舒服。海德里道28号和26号其实是一栋联拼的老房子，我们前后的院落都很大。前院，房东陈先生用来停他的二手宝马车，还搭建了一个修车房；后院，我们支起了一把墨绿色的连桌大遮阳伞，伞下有四把咖啡色木椅，不过白老师和李若诗主要是在大遮阳伞下放自行车，因为牛津经常忽而天晴忽而下雨。

　　院落四角，种满了郁金香；院子中央，围成圆圈形状埋着很多水仙花的种子。3月到5月，是院子里最美的时候，我们也会常常坐在院子里，聊聊天，喝喝茶。

　　那两年，我除了没日没夜地读书，写那些偶尔也还算有趣的洋八股论文，再就是看到了种种和我的世界不一样的生活。

似乎在牛津，在海德里道 28 号住的时候，遇到过的每一个中国人都让我难忘。有时，他们的故事会突然从我脑海中冒出来，好久也不离开。我不止一次地听人说："牛津，是一个很容易找回自己的地方。"大家都在这里找回了自己吗？

故事梗概

张意蕴是北京来的留学生，她说自己真是受不了找个中国男人当男友。

5岁就从台湾移民英国的艾米却说，全世界就数中国蓝（男）人最慷慨！

13年前为了躲债远嫁北欧的福建女人张丽珍，从去丹麦的第一天起就成了"珍妮"。为了一条裙子，珍妮和第五个丹麦老公又离婚了！

香港女孩可可马上就30岁了，她说得直白："我只吃鲍鱼，不要香肠。我只爱女人，不要男人。"

金来和宗宗都是大陆富二代。父辈一个靠夜总会发家，一个搞高端房地产。在牛津大把英镑大把时间的生活，对他们而言，倒成了磨砺。

"真中国"饭店里的强哥和后厨其他师傅一样，都有自己的故事。强哥偷渡来英国，整整15年没有和老婆见过面。

英国文学博士张树碑第一次来牛津做访问学者时，跟陈先生打官司，输了。第二次来，和西班牙女房东阿德里娜打官司，又输了。他说："虽败犹荣！面对帝国主义和资本家，绝不能奴颜婢膝！"但是他想要的，其实是3000英镑的赔偿金。

白老师着急牛大的几个博士没有"契约精神"，气得直跺脚，说他们以后不管回中国还是去哪里，迟早要吃大亏的。"就算有一脑袋知识又有何用？！"

8年前老同事口里的"阿盛"和"小陈儿"、后来我遇到的"陈先生"一生坚信：人是铁，饭是钢，吃不饱，什么都干不了，而要想吃饱吃好，在广州要有"毛爷爷"，在牛津就只能使"胖子"（pounds）了。

陈先生和太太回老家探亲，吓了一大跳。村口的卫生室被人承包了，门前多了4块人牌子："增大增粗一夜三次"、"别让男人一手掌握"、"二次发育'勃'大'精'深"、"让72岁男人回到27岁永不反弹"。陈先生看着眼熟，原来和伦敦性店（SEX SHOP）的广告有几分相似……

陈太太是牛大（当地华人对牛津大学的简称）的生物学博士后，热血澎湃打算回国创业。无奈陈先生不想放弃在英国拼搏多年才有的稳定生活，又害怕自己跟不上国内的快速节奏，两人只有分分离离。不想，陈太太后来Try出了大名堂。

......

打开灌木丛中的咖啡色木门，从我们的海德里道28号，驱车半分钟就是海丁顿道，海丁顿道连着伦敦路，一直走，一个小时就是伦敦城。关上门，这里又似乎有密道连着中国，分分钟都能转身回去。留学生、访问学者、华裔移民，一群中国人，在中国倒不曾相识，却在风情万种的英格兰相聚，在这古老而摩登的牛津城里，郁郁葱葱的不列颠一隅，制造着妙趣横生又惹人思索的一连串生活故事。

《北京人在纽约》、《上海人在东京》、《别了，温哥华》之后，《牛津的夏天》来了……

Summer in Oxford

FAYE WANG

(Revised by Warren Buckland)

Yun came from Beijing and she has already worked and studied in abroad for a long time. She has worked in the Middle East and lived in the UK for a total of 8 years. Now she rents a room in a couple's house located near Headington Hill. The couple are both doctors and they have a daughter who is 12 years old. Yun said, "I didn't want a foreigner boyfriend. However, I also could not imagine getting a Chinese man as my boyfriend… "

Amy emigrated with her parents when she was only 5 years old from Taiwan to England. She said, "Yun does not know the European men very well. They are not as good as Yun thinks. I think actually Chinese men are the most generous men all over the world. Yun could try to get a European boy friend and to compare them if she does not agree with my opinion. "

Jenney came from Fujian (a province of China) 15 years ago. Her first husband had fallen heavily into debt and she had to go to the North Europe at that time. After the first marriage with her foreign husband she had several marriages. She recently divorced her fifth Danish husband. The reason for the divorce was over a dress. The husband liked to see Jenney in a pink dress while Jenney did not like to wear it. Jenney said to me，"Some friends said it is a pity but I don't regret it at all. I can live by myself! I came to England this summer and will find my prince. I believe that I will find him some day. I won't wear something I don't like for a person that I also don't like…"

Coco came from Hongkong. Her 30th birthday is coming soon. Even some European friends suggested that Coco needs a boyfriend as soon as possible. However，it seems that Coco doesn't like any men. Coco said，"I hate men and don't want to live with them. I am afraid that I could only love a lady if I must love somebody. " Actually she has a girlfriend called A Ji who lives in London. A Ji came from Taiwan and now a language student.

Jinlai and Zongzong are both from rich Chinese business families. Chinese people call this kind of young people "the second rich generation" nowadays. Zongzong is quite careful when talking to others and he hopes other people will not find out that his father earned all his money from running an illegal night club. Jinlai's parents are doing business in housing estates. Her parents frequently urge her to find a boyfriend and hope she could get married as soon as possible although Jinlai is only 23 years old. Her father said, "Your Mum gave birth to you when she was 23 years old and you must know that it is not too early for you..." Zongzong's father and Jinlai's father both started living on their own when they were teenagers. Last year, Zongzong's father paid RMB 3, 000, 000 Yuan in tax on only one day's earnings. It seems that his father's large income does not bring any positive influence to Zongzong. Zongzong almost never checks the bill when he pays for anything. Zongzong and Jinlai both have a lot of money and time when they study in Oxford. However, they are not happy and they seem to be looking for something else. What are they looking for and which way do they really want to go? I don't know. I met so many young students in Oxford who have a similar attitude.

Jinhao is a little boy's mum. Her husband is a successful business man in Beijing. There are always some Chinese students who ask her "What's the purpose of your study in the UK? It seems you already had a comfortable life in China. Do you want to change something?" Jinghao replied, "Why must there be a reason or clear purpose to go abroad and study? Some of my classmates are quite old and one is 76 years old who has grand sons already. So what's his purpose?" Why some Chinese people always think there must be a reason or a strong purpose to go abroad? They could not understand Jinghao very well. It is not because Jinghao is already married and has a son; besides, she has a good job and lives in a very comfortable life in China. The real reason is they believe that ordinary life is the

best. For example, if you have a good job, good salary, good family, and so on, why do you still try to go abroad and study again? As a mum and a wife, maybe you should do what more reasonable and valuable for the family. However, the British people might not think so. It seems most of them pursue the individual life style and personalized way. I never saw somebody try to ask a kid to use right hand to write instead of left hand in England. However, I really saw some Chinese mothers hit the children's hand to stop them use left hand to write. Because they think it is too slow and inconvenient. "The competition is so fierce today and you need to pass so many examinations. You must study and work using your right hand as most people do, or, you will be a loser someday…" Those mothers said.

Harry likes Jinghao and Jinghao also likes Harry. But, they both know that they must hide their emotions deeply inside their hearts. Harry is quite shy sometimes and Jinghao is not a very open person. Their story will not be resolved anytime soon. Jinghao always believes that there is something in this world people could not see, touch and hear. Those things are in our hearts although some people don't think so. They don't believe there is a mental world that gives us more than the actual world.

I once worked in a Chinese restaurant to replace Coco as a part-time waitress for several months. I could have two delicious Chinese meals every day for free. There are so many interesting stories in the Chinese restaurant which is called "A real new

China". A cook called John worked there. He stowed away to the UK 15 years ago and finally became a legal immigrant 5 years later. He said to me with strange smile on his face, "I really regretted. I really regretted about my choice. You know I haven't seen my wife for 15 years and she is still in China waiting for me…"

Mr. Zhang Shubei is a visiting scholar from China. He tried to sue two landlords-Mr. Chen and a Spanish landlady-but failed. Zhang said, "I fight against discrimination and imperialism in this modern country under the rule of the law…" However, what Zhang really hoped to get was 3000 pounds in compensation. Zhang didn't receive any money, but he had to pay 350 pounds in legal fees. Zhang spent most of his time in court and in meetings with the council. He therefore had no time to do his research, a well-planned study comparing Cao Xueqin (the author of Dream of the Red Mansion) and Shakespeare. He only carried out half of the work when he finally came back to China. But I still believe that Zhang could give his students some really fantastic speeches about his visiting scholar life in Oxford especially about the court suits he experienced one after another.

Mr. Chen lost his wedding ring during the lawsuit between him and Zhang. Mr. Chen could get around 3000 pounds per month in Oxford but his wife thought it is a very small income. His wife wanted to go back China and establish their own company to do a big business. She asked Mr. Chen to be the CEO of her company but Chen was shocked and shook his head. Chen said,

"I heard that nowadays in China you should drink, play cards, play Majiang, karaoke and do many such things with your business partners and even the key government officers in your business field almost everyday···" "I am already over 40 now and I could not learn how to do those things from my 40's. Actually I don't like doing those things for money at all···" Mrs. Chen, Li Tianying (sweet cherry) is doing her post-doctoral study in Oxford University. However, her husband, Mr. Chen, only graduated from a special second school of an old and small town in China. Mr. Chen is mild while Mrs. Chen is kind of most insistent person. Mrs. Chen hoped to go back China to build an organic medical farm after her study in the UK. However, Mr. Chen thought she was talking complete nonsense. Mr. Chen liked living in the UK and he was satisfied with what he has already got. They argued and quarreled again and again and almost got divorced. Nobody could imagine that Tianying really got her day 3 years later. Then Mr. Chen told Tianying, his wife, "I really hope you could forgive me and at that time I really could not see what will take place today···" Are the Oxford University PhD students much cleverer than people who are not PhD students? Actually they are not always that clever and sometimes less clever than normal people. Perhaps they pretend to be less clever. Mr. Bai, one of my housemates said, "It might be a big problem even trouble if those Chinese PhD students won't change their attitude in something. They don't have contract spirit at all and they only think about themselves. "

Mr. Bai is a very interesting person. He is a very famous physicist in China but sometimes he cannot add up money very well. He made a mistake when depositing some money in a bank in Oxford. However, he received double compensation (200 pounds) when he pointed out the mistake to the bank. He said the British banks are unbelievably thoughtful for their customers. But only few days later, Mr. Bai was robbed by some thieves on-line. His 5000 pounds were gone without any clue one night⋯

Mr. Bai noted that there is a huge gap between the quality service in the UK and China. He once bought a pair of jeans in Oxford and sent it back to the shop 6 months later. He got a new one because the old jeans' zip could not work. However, he bought a pair of very expensive trousers in Beijing and was not allowed to change it into a smaller one three days later without the receipt. Bai and his wife lost the receipt ⋯

⋯⋯

I once rented a room in Oxford and lived near Headington Hill. The small room was on the second floor and it only has one window facing the garden. That house is a quite old house and has very big front and back gardens. Our landlord Mr. Chen built a small shed in the front garden to put his tools. We sometimes had a cup of tea or coffee in the back garden during spring time under the big dark-green umbrella. My housemates, Mr. Bai, Mr. Zhang Shubei and Mr. Li Ruoshi sometimes put their bicycles under the big umbrella. It is sometimes very sunny but can rain 5 minutes later in Oxford.

The house owner and his wife planted some orange and blue tulips around our garden and in the centre of the yard were some daffodils planted in a circle. It is the most beautiful time of the garden from March to May every year. We like to drink black tea and have some snacks under the big umbrella chatting in Chinese when the flowers open···

I had to study hard every day in those two years. I had to write the thesis and dissertation till late at night sometimes. However, it was exactly during that time I saw some totally different lifestyles and attitudes of people. They are so different compared to my previous world.

Those things and those people I met left me very strong impressions. Sometimes their stories or their images would suddenly come out of my mind and appear in front of me. They would chat with me and even lead me to some places to show their experiences. Someone said that perhaps Oxford is a place where people can easily find out a real self. Is that true or not? I asked myself again and again but I really don't know. I only know that I love the small city, the old town, I once had it and it also had me.

艾米：
全世界只有中国男人最慷慨

艾米是一个生活在英国的台湾女人。她的父母在她 5 岁的时候移民到英国，她从此在英国读书、长大。我和她偶然于我曾经的房东太太琳兹女士在家里举行的下午茶聚会上遇到，那时艾米正在剑桥大学读语言学博士，但是她住在牛津的夏日城（Summer Town）。

很多中国人都会问她："你读这个语言学博士有什么打算呢？念完了就快 50 岁了呀！"艾米回答说："我早就喜欢的，但是原先一直没有时间，现在有了空闲，我就赶紧开始吧。"

可是几乎没有英国人问她同样的问题，因为，在英国的大学校园里，七老八十的"老大学生"很多见。好多人退休后重新回校园把自己年轻时候没有念完的学位继续下去，你说他到底是为了什么呢？退休金都已经开始领了，

还管什么学位不学位的呢？其实，他们根本不是为了什么，就是喜欢，想念完它。给我的感觉就是，念书是他们生活的一个部分，什么时候有钱有空闲也有力气，就接着念呗。

那天在琳兹家拥挤的小客厅里一见到我，艾米马上从粉红色的小电脑包里掏出 3 份问卷让我答。我一看，全是她为了写论文用来收集第一手资料的调查问卷，问题全都围绕着中文学习者与英文学习者的学习习惯的差异展开。问卷上设计的各个问题极其烦琐，常常前一页先问你为什么这样思考，后一页又问你为什么不那样思考，第三页又问你有没有意识到自己是这样思考而不是那样思考，等等，题目旁边还有各种卡通风格的配图来帮助答题者更好地理解提问。

英国人的问卷往往这样，让我们这些聪明的中国人总是心怀疑虑：为回答者考虑得如此周到，可是题目似乎又显得低幼的这一个个问题背后，该不会藏着什么高级陷阱吧？其实真没有陷阱，他们有些时候就是简单得过分，他们相信，越简单越清楚，越简单态度越积极。比如导师给大家分发论文写作要点，当中肯定有一条：请将你论文中引用的资料罗列在文章后面的引用文献目录中。紧跟着，他竟然又来了一条：论文中没有引用的资料，请不要罗列在文章后面的引用文献目录中。

中国学生看到后的反应很一致：大笑不止。因为这确实有点可笑，我没引用的资料，我干嘛要罗列上呢？但是导师发话说："我写上了这条，就是确切地让你知道，如果你这样做了，是不允许的。为什么不被允许？因为我已经明确告诉你了不允许。"

"哈哈哈"，中国学生听完这拗口的解释，肯定又会大笑。真的是英国人太笨中国人太聪明吗？其实不然，我们喜欢用常识判断事物，但他们用白纸黑字的条文规矩来说话。哪一样更简单明了，更安全可靠，成本也更低呢？这样一看，当然是那个使用更简单方式的人更聪明些。也许他们害怕思想不太好统一，所以，就只统一规矩。这样，省下用舌头讨论常识是否准确、判断是否可靠、如何进一步统一步调的那些开会时间，至少可以用来享受生活呀。

艾米的那份问卷，我耐着性子，一个一个题目终于答完了。当我把问卷还给她的时候，她像大丰收的农民一样高兴。

艾米看上去比 45 岁的实际年龄年轻一点，她脸上仔细地化了妆，但是细细的黑眉和桃红的嘴唇依旧掩饰不了身体里透出的疲惫气息。和很多我之前认识的台湾同学一样，艾米也是南方人的体型，很小巧；但是和他们不一样的是，她讲中文的时候并不细声细气，反而是粗声大嗓，大概因为她父母老家都是在北方的缘故。听她用北方风格的粗声大嗓讲着台湾风味的普通话（她称之为"国语"）谈起对英

国男人的看法，我快要笑破了肚皮。

她说嫁谁也不要嫁给英国男人，因为"他们都是穷光蛋"。

为什么呢？艾米说："他们从来不存一分钱！银行卡都是从这张信用卡上借了钱，去还另一张银行卡上的欠账。就算这样，也还是要去泡酒吧，开周末派对，买时尚新衣，到海外度假，吃喝玩乐一样都不能少。等到下个月的薪水发到手，刚一到银行卡上，就又还账了，所以就接着再欠。"

我说："拆了东墙补西墙，不会人人如此吧？"

艾米说："当然不是人人如此，但是很多人就是这样的，而且不夸张地说，大多数人就是这样，这就是他们的生活方式！"

"大概和这里的社会保障比较完善也有关系吧？就是说他们也不太需要存钱，是不是呢？"我问艾米。

"有点关系，但是还是他们的生活习惯有问题，所以才会有金融危机呀！你看我们中国人，即便移民来这里，在同样的社会保障体系下生活，不也还是喜欢存点钱吗？我觉得还是存点钱的好！"艾米说。

"就因为他们花钱不知道节省，怎么高兴怎么花，所以基本上没有什么积蓄，他们和女生交往的时候，也谈不上慷慨。"艾米接着感慨，我猜这是她的亲身感受。

"为什么这么说？"

"比如，就连一起吃个晚饭，都要各付各的账单！说得好听一点这叫'独立'，说得不好听，就是他不想给对方买单呀！不愿意给她占了一点点便宜呗。可是两个人却是好得吃饭的时候都要在桌面上互相拉着对方的手，深情款款地望着对方，眼睛对着眼睛地说话，吃饱了更是两个人手拉手回家睡觉去了……"说到这里，艾米的语气听起来简直有股子愤怒藏在里面。

我倒是在一边放声大笑起来："这是人家的文化嘛，就是比较独立，也比较开放的嘛。你不喜欢的话，不理他，不跟他走就是了！"

艾米说："是呀，如果你对他说，嗨，你可不可以给我买单？我是你女朋友，他就会说，这是他们的文化，当然不是绝对的，偶尔他也会请你一次；可是，带他回中国，不管是在北京还是在台北，我试过好多次的，我跟我的朋友给他付账单的时候，哪一次他都没有拒绝过！"

我实在是忍不住，又一次哈哈哈哈地大笑道："这又是我们的文化嘛！有朋自远方来，不亦乐乎！"

"没错！"艾米摇摇头，说，"他们就是这样拿文化当借口的。他不给你买单是他们的文化。你给他买单是你中国人的文化，仿佛他让你给付了账单，还是给足了你面子呢。其实呢，中国女人老说中国男人这样不好，那样不好，让

她找个欧洲男人交往一下看看就知道，全世界最慷慨的恐怕还真要算中国男人了！"

原来，艾米曾经和一个年龄相当的英国男人有过短暂的婚姻。离婚的原因竟然是，他不喜欢艾米每个周数次和当时正回台湾探亲的父母通电话；因为"既打扰了你父母亲的生活，也影响了我们两个人的生活"。

后来，艾米的父母从台湾回了英国，他竟然也限制艾米周末不能和父母通电话，因为"周末只属于我们两个人，除非他们有紧急需要帮忙的事情"。最后，艾米只好和帅哥分手了。艾米说："他如果不是心疼电话费，那就是不孝顺，不知道牵挂父母！"

但是那个英国帅哥坚持的是："我们和父母都有各自独立的生活，有重要事情的时候当然可以互相打电话，但是没事儿的时候，干嘛要婆婆妈妈说那么多话？"

我还是相信，大概是艾米没有找到合适的人，而不是所有的英国男人都不能嫁。

不过，艾米说的关于全世界就数中国男人最慷慨这回事，仔细想想，还真的好像是呢，这倒不是单指男人吃完饭会主动去付账这一件事儿了。

中国人，还是爱攒钱

艾米说的英国男人不懂得存钱，拆了东墙补西墙，倒是让我想起了在牛津听到的关于中国人拼命攒钱的几个小故事。

✿故事一　花钱才能领救济金，愁坏了香港老太太

据说有一位住在伦敦中国城的香港老太太，人们经常看到她在菜铺子里捡菜叶子，有时还拣些别人扔掉的废品拿回家里再用，旧台灯、旧花盆什么的。英国人表面上是不管别人的生活方式的，但是实际上看到这样的人也是远远地就躲开，至少怕一不小心迎面撞上，蹭脏了自己的衣服，还要装作表情得体地说 Sorry（对不起）。

这位香港老太太一直从英国政府领取生活补助，可是突然有一天，政府某部门正式通知她，救济金停发了，原

因是她存折上的存款超了领救济的标准。

原来，老太太的小儿子在英国买公寓，老太太一次性帮他支付了近 20 万英镑，约相当于 250 万元人民币。这马上引起了有关部门的关注，他们发现不得了，好家伙，这个捡菜叶阿婆的存款数目实际上已远远超过了领取救济金的穷人标准。

老太太十分不解，问："我日日省吃俭用，甚至捡菜叶度日，把别人丢掉的旧玩意儿也拿回家里循环使用，再加上大儿子在香港有一个餐厅的生意，这样才攒了些积蓄，你们不赞扬我为环保作贡献，不认可我有社会责任心也就罢了，怎么能说我不符合救助标准呢？我确实是生活在最低保障线的人呀！我是没有任何收入来源的呀！"

人家和她讲不清楚了，只好说："老太太，这样吧，你今天回去就开始花钱，直到把存款减少到 3700 英镑为止好吗？我们这里是不管你怎么积攒到这么多钱的，我们只管你是不是符合某一类别的穷人的标准。你存款越少越好，我们才可以给你办理，但是，记住哦，你不可以把钱从你的账户上突然没有任何原因地转移到别人账户上，那是有记录可查的，那是转移财产，你还是不能拿到救济金的；只有你真正把这些钱花掉，让自己变回穷人，才可以重新领取救济金！"

老太太气得当场跳脚，用广东话骂他们"败家子！"还说："这些英国佬都是败家子，他们根本不晓得我们是怎么才一点一点变成有钱人的！"

她心疼的不光是自己无法拿到手的救济金，更着急的是，自己根本不知道怎样才能把那些超标的钱花出去，好再获得领取救济金的权利。

故事二　中国人都是有钱人

有一位中国博士，来自中国某城市的郊区，他在英国某著名高校从事博士后研究，看到当地房价合适，而且他和妻子都打算双双留在英国生活工作一段时间，于是便计划在当地买房。

英国人买房子，绝大多数是要用贷款的。但是，有一条，英国好多地方的房子比中国大城市里的房子要便宜一些，有的地方甚至便宜不少。而且，那真是房子，前后都带着大院子的小房子。

中国博士的父母家中恰好赶上了城中村集中改造拆迁，连祖宅带他们的自住房，一下子补偿了200多万元人民币的现金。博士两口子省吃俭用，在英国还省下不少奖学金，一合计，决定干脆一笔款付清，一分钱也不贷款了。

听到他们选好了房子，一次性付款，惊呆吓坏了他们租房子住时的那位房东。房东是个西班牙人，这西班牙老

太太事后逢人便讲："看来不假，中国人还真的个个都是有钱人！我一直看这俩人的厨房里炊具餐具都不齐全，还以为他们是太忙了顾不上，生活不太讲究，没想到他们这么有钱，大概平常都是下馆子吃去了吧！"

其实，这两口子过得那真叫节俭。你都想不出他们节俭到什么程度！房东老太太所说的厨房炊具、餐具，其实就是一只二手炒锅，一个平底煎锅，两三个马克杯子，几个碗，五六个盘子。可这些东西都是原先的房客留下来的。这小两口可是顿顿在家里吃的，从来不舍得下馆子。

家里冬天要不是太冷，他们都不舍得打开自家暖气（牛津的暖气每家每户烧小燃气锅炉）。一大早起床后，吃过最简单的早饭，两个人常常拎上手提电脑，就蹿到住在附近的一个同学家里去了。因为人家家里有暖气，有无线网络，他们去用人家的。但是他们对那个同学说："你一个人孤孤单单的，我们来你家和你做个伴儿，咱们三个人一起，查个资料、讨论个问题什么的，更有意思！"

更夸张的是，他们常常趁去其他同学家里聚会的时候，在别人家里洗澡，这样可以省了自家的电钱和水钱，甚至连洗发膏、沐浴露和香皂也用同学家的，自己就省了买的钱。他们跑到别人家洗澡的次数多了，就有人开玩笑说，大概这两人每次去聚会之前，都要记得在左口袋里装上内裤，右口袋里塞上袜子。

我问："那毛巾他们放在哪里？跟去游泳似的，搁进塑料袋塞到包里？聚会时跟大家伙儿吃着吃着饭，就拎起毛巾朝卫生间去了？"

他们说："毛巾？他们也是不带的，那属于消耗品，就干脆直接用同学家里的！去谁家聚会就用谁家的！不仅从洗头膏、沐浴露、香皂到毛巾，就是看见人家的搓澡巾挂在卫生间也用！最后撕一大团手纸擦屁股、擦脚，一揽子工程！每回都要用掉半卷手纸，垃圾筐满满的！有一回他们到我们家聚会，洗完走了以后，我们卫生间刚换的整卷新手纸都不见了！垃圾筐里也没有，估计是被他们带回家了！"

有人补充说："一般都还用人家的香皂把自个儿的袜子和内裤也顺手洗干净了带回去！"

我简直不敢相信："啊？真的？"这可是博士夫妇呀，至于吗？再说，用别人的毛巾，甚至搓澡巾，贴着皮儿地搓，搓到皮肤发红、毛孔喷张！天哪，这多不讲卫生呀！

目击者确凿地回答："是的，真的！我们都见过的！他们俩用完了人家的东西，倒是都能给洗得干干净净，晾到毛巾架上！我是嫌他们俩太不讲究的，我再也不用那毛巾和搓澡巾了，一直挂在卫生间门后，没想到下一次他俩去了，正好接着使！当然也有人表面上说'没事没事'，不过等这俩一走，转身就把用过的毛巾和搓澡巾丢垃圾桶里了！下次他们俩再去，人家就提前把自己的毛巾给收起来了，

呵呵……"

"哎呦，这两人，难道就没有人拒绝过他们去洗澡吗？"我也替他俩寒碜。

"一开始，大家是真没料到！说怎么去卫生间一待就这么久？后来，大家知道了，但是你也不能锁上卫生间的门呀！再说，谁好意思当面说'不准在我这里洗澡'呢？而且，聚会的时候，往往是吃得差不多了，才突然发现，这两人，又去卫生间洗开了！你难道能把人给拖出来？"

这些，就算他们亲口讲给西班牙房东听，老太太也一定不会信的，因为，谁能相信这样就可以攒出几十万英镑一次性付房款呢？但是，千真万确的，在那里的有些中国人，依然还是在这样攒钱的。

似乎对于艾米口中"拆了东墙补西墙"的英国人来说，"钱"天生就是用来"花的"。而对很多中国人来说，无论是生活在哪里，无论来自中国的哪个区域，不管是那位香港老太太，还是这对儿来自热火朝天改造中的中国城中村的博士夫妇，钱的功能之一，还是让人"省"的，并且，省下来以后要用手实落落地"攒着"。因此，捡到一张白菜叶子，抹一下人家的香皂，用一截儿人家的手纸，显然都是在赚钱喽！省了自己的，赚了别人的，1＋1！这样推论下去，要是再能把香皂和手纸塞口袋带回家用，岂不更"锦上添花"了？

　　逗乐的是，据说两年后这对儿博士夫妇回国给学弟学妹们作报告，提到这段经历，颇动情地说："如今我们在英国有了自己的房子，前后都带花园，可是刚去的那个时候，我们穷得洗澡都要跑到别人家……"这还一度在校园被传为艰苦奋斗的美谈呢。

珍妮：一条裙子毁了爱情

和艾米在琳兹太太家喝茶聊天后的一个星期六，我又在牛津邮局附近的一家冰淇淋店里偶然地遇到了一个住在北欧的中国女人珍妮。珍妮身材瘦小，一看就是个南方人。15 年前，她从福建农村远嫁到丹麦。从到丹麦的第一天开始，她从"张丽珍"变成了"珍妮"。

她说她的很多朋友都以为她和那个高鼻子黄头发的他从此幸福地生活在小美人鱼的浪漫童话国度里，还不停地想象和传说着他们的故事。其实，一晃十几年过去，她已经在丹麦离了 5 次婚，身边换了 5 个丈夫，4 个男友。

当年她嫁到丹麦，原因是他的前夫，她的唯一一个中国丈夫参与了一次很不光彩的违法生意——组织偷渡客，并且第一次做，事情就败露，被绳之以法。珍妮在老家几乎没有办法继续生活下去。那些偷渡客的家里人经常来找她，要拿回曾经交给她丈夫的钱。那可是 15 年前，一共有十几万块钱，她哪里有钱给？精神上的压力实在太大，于是她一咬牙，就嫁给了一个丹麦人。

"是朋友给介绍的，当时想，走得越远越好，要永远离开那个地方和那些人！"

珍妮去了北欧以后，先学了一年丹麦语，之后在一家旅游中介公司找到一份工作。工作中和比她小7岁的一个同事渐渐有了感情，于是回家要和第一个丹麦丈夫离婚。

"他当时非常吃惊，不相信我是真要离婚，很生气，问我到底为什么？"珍妮回忆。

"那你，到底，是为什么要离婚呢？"我也很有点吃惊，还很好奇，问她同样的问题。

"因为他，第二个，很帅气，你知道吗，我第一眼就被他吸引住了！"珍妮多少有点不好意思地说。

"啊？可是，可是这也太不靠谱了呀，而且比你小了7岁！"我真是惊讶极了，一个原本为生活所迫背井离乡跑到北欧的中国南方乡下女子，怎么一下子就变得如此浪漫，只认高鼻梁、大眼睛、卷头发的帅哥了？！

"是呀，我大概也是因为换了个环境，就彻底变了！你知道原先的生活里全是些琐事，那真是要为了吃饭奔波的，可是到了这里，环境、条件什么的都好很多，国民福利也很不错，所以，人好像一下子就变得不那么现实了。"珍妮坦白道。

"可是，该现实的时候还是要现实一点呀！那个，第二个真的就那么吸引你？"我虽然不敢担保自己若是珍妮的话见了那位帅哥会一点儿也不动心，但还是觉得她太草率了。

我又试探着问她："那，你现在有一点点后悔吗？我是说和第一个丹麦丈夫离婚。"

"不后悔！"珍妮回答得倒是很干脆。"反正嘛，人就只有这一辈子！有些事情当时不做，错过了反而会后悔！"

但是因为这第二任欧版帅哥丈夫实在太年轻，珍妮没有安全感，而且他后来真的是又有了其他女人，3年后珍妮和他分手了。之后，老的也找过，少的也交往过，珍妮连着又换了3个丈夫，用她自己的话说，"却是一个不如一个"。

"现在回想起来，还是第一个丹麦老公人最好！不过，我的丹麦朋友告诉我，真正属于我的那只青蛙大概还没有遇到，所以我今年夏天来英国，除了来散散心，学学语言，也顺便来找找我的青蛙！"

"青蛙？"我不知道这是什么意思，习惯性地学英国人皱眉耸肩了一下。

"我那些丹麦朋友总把男人叫'青蛙'的，大概就是'王子'的意思吧。"珍妮也对我耸耸肩。她耸得真叫自然，就这一耸肩让我看到，珍妮骨子里大概早已是个西方人了。

"哎，我跟你说，伦敦唐人街上那个算卦的也给我算过，说好的还在后面等着我呢！至少还有两个！最后那个是白头偕老的！"珍妮很有信心地对我说。

"哦。"我一边回答一边偷偷想，大概只有像珍妮这样在北欧生活了15年的中国女人，才能说出这样的话来。

要是当年她的丈夫不出事，她和他就那样一直生活在福建，珍妮也不会叫珍妮，还是叫着原名张丽珍，要么是个贤妻良母，或者是个怨妇，也许脸色红润富态，也许一脸菜色，但是不管怎样，她眼里看到的、心里想到的大概全是孩子和老公，家里的琐事都要她来管，好几张嘴巴每天要等她下厨做饭，她哪里还有时间和精力，哪里还有心情满世界地找，丹麦找完了英国找，一定要找到属于自己的那个 Frog Prince（青蛙王子）呢！

偏偏，竟然正是因为第一只中国青蛙，福建村姑张丽珍变成了丹麦珍妮。

而珍妮最后这次婚姻结束的理由就更好玩了，珍妮说："他太自私，只要他在家，就要让我穿裙子！"

"穿——裙——子！？"我每个字都懂，但是却听不明白意思，再次感到诧然。

"是的，他们北欧男人很传统，喜欢女人穿得像女人，所以他在家的时候，一定要我穿裙子，天气那么冷，我不穿。我说'你——独——裁，我——要——穿——我——的——牛——仔——裤'！"珍妮对我解释。

"可以好好说嘛，不要吵架，再说，如果他喜欢，那你就穿给他看呗。我倒是觉得一个男人还在意你穿什么，总比你穿什么他都视若无睹的强吧？"

"刚和他谈恋爱的时候穿几次也就罢了，结婚都好几年了，老夫老妻的，还总要穿着裙子，又不方便，又不保暖，我坚决不穿的！你知道的，北欧冬天气温那么低，就算家里也才20℃出头，那个地方又没有羊毛裤羊绒裤卖，要冻死我呀！再说，我又不靠他养活，我自己有工作的，连房子都是我们两个人一起还贷款的，为什么他要我穿什么，我就要穿给他看呢？"珍妮态度很强硬。

"还有呢，你知道，他不尊重我们中国人的饮食文化！他看了一些我们中国食品安全问题的报道后，我买了肉松放在凉拌菜里他不吃，说不知道什么东西做出来的不能吃，不安全；我在汤里放了一点酱油他也不高兴，说怎么放这个东西进去呢？里面都有些什么原料和添加剂你知道吗？有一次，我要从中国买一个小桑拿房装在家里的卫生间里，他也不乐意，非说那个不科学，容易得皮肤癌！"

总之，最后，主要就是这一条裙子和些许家庭琐事，毁了珍妮的这第五次异国婚姻。

一天吃早饭的时候，在楼下的大厨房里，我无意中和同租一栋房子的3个室友说起珍妮为了一条裙子离了婚的故事，我说这还是东西方的文化差异导致的。

但是其中一位室友，访问学者白老师，反对道："关键不是所谓的文化差异。关键是，中国女人其实对男人的要求是多重的！你仔细想想看，她说'我又不靠他养活'，我以为，中国女人在精神层面上，其实是过于独立了。"

"什么意思呢？难道您是说如果她靠他养活，就可以穿裙子给他看吗？"我真的是有些不解。

"完全不是这个意思。我的意思是说，首先中国女人要求男人是可以被依赖的，对于男人养家养老婆养孩子，认为那就是天经地义的，根本不领情的。可是在很多欧洲国家不是这样的，男人可以养家也可以不养家；女人同样，可以养家也可以不养家；而两个人一起养家也可以，前提是两个人要有共识，没有什么非得男人出去赚钱、女人在家带孩子之类的天经地义。但是中国女人不是的，在中国女人看来，男人养家养老婆养孩子那就是天经地义！可是同时，中国女人又要求自己是绝对独立的。你知道吗，也就是要求男人可以被依赖或者说有被人依赖的能力，但是同时呢，她还要求男人给女人独立的空间，这可能吗？这其实是相悖的！你想想看，既然要求你可以被依赖，那女人你就要依赖他，对不对？但是，即便他养家，不需要她出去工作，她大概还是会说，就算他养我又怎样？我就要穿裙子给他看吗？他让我穿什么我就得穿什么给他看吗？中

国女人就是这样的，在精神上其实已经过于独立了，我认为几乎超过任何一个国家的女性了，目前！当然这个是有深层次的历史背景和社会原因的，大概可以一直追溯到五四运动的时候甚至更往前，我们不深探究了。就说你今天讲的这件事儿，其实若是换了一位欧洲妇女，试想，如果丈夫希望她穿裙子，没有特殊原因，她也就穿了，怕冷套上条秋裤，也就是这里说的 leggings（紧身裤）吧，穿在里面那就是了！因为能让自己的老公高兴，这是应该做的呀。如果有特殊原因不能穿，那么大家还是可以沟通的嘛。可是现在换了是个中国女人和一个欧洲男人，就有这么多问题出来了。"

白老师一气呵成，跟讲课似的，有主题有观点有论据，还跟说书一般兜兜绕绕。我吃着东西，听得不太专心，似懂非懂，但是越听下去越感觉白老师说得有道理。再说，人家是高级访问学者，有学问，讲得肯定有道理。

不久，我又见到珍妮，我试着和珍妮探讨这个问题，问她是不是因为她精神层面上太过独立了："难道你就不能为了他穿那么几天裙子吗？怕冷里面套上条 leggings（紧身裤）就是了！"后一句基本是白老师的原话，我顺口就出来了。

谁料珍妮一听，几乎马上从咖啡店的椅子上跳起来，依然是她福建口音的中文夹杂着丹麦口音的个别英文词儿：

"拜托！不是我太 independent（独立），是他太 selfish（自私）好不好！你说，既然我怕冷不想穿，他为什么偏偏要我穿呢？再说，都结婚好几年了，老夫老妻了！干吗在一起的时候还要穿着粉红羊毛裙子，披着条纱巾，傻乎乎地端着半杯子红酒晃来晃去，点着蜡烛装模作样拉着手说话说到半夜？哪里有话说呀？要说话，躺在被窝里不是一样可以说吗？他就是矫揉造作，活得累不累呀！Really boring（实在无聊讨厌）得很，我跟你说，我当时真的已经是忍无可忍了！"

显然，一聊起这个话题来，珍妮依旧很激动，顺带还扯出了别的不愉快话题。

"你知道吗，我有一次去附近城市的中国朋友家里玩，准备通宵打麻将的。他一早说好的，要去挪威出差。没想到临时取消了，他回家一看我不在，那时才刚晚上 10 点，马上就打电话对我大吼大叫地发火！问我为什么这么晚还不回家！好像我趁他外出就出门胡闹、乱搞一样！你说他不在家，我一个人待着有什么意思？出去会会朋友，好久不见一起打个麻将多正常呀?！他一吼，我只好赶紧开车回家，朋友都很扫兴，你知道我有多没面子呀……"

"还有，买个割草机，他非要买一个带斗子的，就是可以边割草边收集碎草的，我说干嘛不留着碎草自己弯腰收拾一下，正好锻炼腰部肌肉，不然你哪里有机会锻炼那个

部位呀！再说，就算把碎草留在草地上也没有什么呀。可是他连听都不听我说的这些，立马就蹿去店里买了一个，说是那个周末打八折，周一就恢复原价了。结果那个带斗子的又贵又不好使，半年不到，出问题了。斗子倒完草了，他没安好就开了机器，蹦起来飞老高，差点打着他自己的腰呢。再重新安上，安不严实了，一路咯噔咯噔响。那你自我检讨一下呀，以后小心一点呀，或者打电话问问售后人员怎么维修呀，他却去翻说明书，看了一会儿说找到原因了，这玩意是中国制造的，当时就应该买个英国本地的，日本的，或者，哪怕是马来西亚生产的，你说他这说的是什么话……"

听她说到这里，我对着窗户外天空中正飞过的一个热气球努努嘴，岔开了话题。瞧那架势，说到激动处，珍妮掀了我们桌子上那两杯茶和一碟子小点心的冲动都有。刚说着红酒、裙子、蜡烛、麻将那几件事儿，她已经在不停地用手指关节敲点着桌子。到了割草机的斗子这段，劲突然变大了，杯子、盘子、小勺一齐啪啦作响。人家服务员听不懂我们正说什么，直朝这边瞄，大概以为她在和我吵架。我真是有点儿不好意思，赶紧用手使劲按住了自己的杯子和盘子。

我的天，话不投机半句多。后悔跟她提套条秋裤 leggings（紧身裤）穿裙子的建议，都怨白老师！不过我也长了记性，从此再也不和 15 年前的福建张丽珍，如今的丹麦珍妮讨论关于"这条裙子"的事儿了。也许白老师说得对，这个早已西方化的中国女子，唯一没有变的，是她中国女人对男人的双重要求，和对自己独立空间的过分强调吧。

可可：这辈子只喜欢女的

可可是珍妮在中餐馆里认识的朋友，因为珍妮，我又认识了可可。可可留着板寸小平头，大眼睛，猛一看真像个男孩子，连说话、神态、举止也都像个男孩。

她从香港来，在香港一所大学念了1＋2，也就是一年在香港、两年在英国读书的那种专业。她学的科目直译过来就是"花园设计"，这个专业在中国的很多高校好像被称为"景观设计"或者"景观规划"。

但是可可毕业后，却没有找到合适的工作，没有国际大酒店、商业中心或者是普通英国人家肯出钱找她去设计花园，更别提富贵人家的大院落了。据说她倒是免费给自己念书时的英裔土耳其房东设计过一幅花园的草图，中西风格皆有，备受房东青睐，耗时半年按照其设计建成并投入使用。沿着海丁顿大道朝伦敦路的方向走，在白马餐厅对过儿，就能找到那户人家——院子里有个两平方米左右比饭桌大一点儿的红木色小凉亭，还有一处 3 米半长的小石板桥，桥下全是鹅卵石的，就是那户人家了。算得上是当地社区内的一景儿，好多中国游客看见了这番景致，都上了当，以为是同胞住在里面，纷纷在小院墙外拍照留念。

学设计的人大多集中在伦敦、纽约、巴黎、米兰之类的国际大都会，但是可可不想去伦敦那种聒噪的大城市打拼，可也不能总是免费设计凉亭和小桥，为了生计，她只好一直在位于牛津市中心的一家叫"真中国"的中餐馆里打工，传菜、端盘子、擦桌子、做饮料、倒酒、摆火锅，除了洗碗烧菜，什么活都干。

除了找不到其他更合适的工作，可可在中餐馆打工还有更重要的原因，就是中餐馆赚钱很快，又有饭吃。餐厅每个星期发一次薪水，而且，只要勤奋工作，收入并不比一个在银行工作的小职员低，还有相当可观的小费拿。可可的弟弟在香港赌博欠了很多钱，大概至少有几百万港币，可可辛苦打工赚钱，就是为了给他还上家里面为了还赌债所借的高利贷和利息。

大概弟弟带来的伤害太大了，可可的理想是能永久地留在英国生活，这样"就算他以后再欠了钱，也不会跑半个地球来找我！那帮讨债的家伙也不会跑来跟我要钱！"

"可是为什么他欠了钱，要你来还，而且还是赌债？！"

不光是英国朋友很困惑，连我这个中国人也觉得有点不理解。"凭什么呀！？"我问她。

可可反问我："想想看，换了是你会怎么办？我爸爸妈妈年龄很大了也还在拼命赚钱给他还债，我能不管他们吗？是看着爹妈累死还是看着弟弟活活被人打死？"

"可是，这要还到哪年哪月算是头儿呀？"

"哎，说实话我也不知道，我已经这样生活3年了，反正我们全家人的生活都被他毁了！先这样吧，以后再说……"只要一提这些，可可马上神情黯然。

中餐馆提供一日三餐，工作的时候要穿统一的黑白相间的短袖衬衫和黑色牛仔裤，老板给提供宿舍，所以，可可日常开销很小，基本上可以不花钱。这些都是在其他地方工作不可能有的，大概也是吸引着可可一直坚持做这份辛苦的工作的重要吸引力。

为了多赚钱，她比别人工作的时间都长，从上午11点一直工作到晚上11点，有时候下午3点到5点的休息时间，她也工作，因为"两个小时就是13英镑呢"，每个周别人休息两天，可可只休息一天。可可的膝盖有一段时间疼得厉害，几乎不敢走路，就算那样，她也不舍得多休息哪怕一个小时。有天去免费看完了医生，她立刻就回饭店换上衣服干活了。这样一年下来，可可可以有2万英镑出头，大约20多万元人民币的收入（英镑汇率高的时候能折合 30 万），这些钱几乎全部都寄回香港还债了，可可只留下非常少的一点零用。可可原先只说粤语和英语，后来到饭店吃饭和打工的大陆学生越来越多，她也渐渐学会了普通话，但是有些时候说的还不完全准确。她一字一顿地告诉我："我留下很小的钱自己用，其他都寄回香港帮他还钱。"

餐厅里人少的时候，可可偶尔会躲到吧台里偷偷玩一会儿。她有一个一面 9 个色块的魔方，是她陪自己的女朋友去台湾的时候在花莲乡下的一家小商店里买的。她说自己从小就没有玩过布娃娃，都是爸妈给弟弟买的男孩玩具她顺便跟着玩一玩。这个九色魔方是她最喜欢的玩具，因为"和它在一起，不知不觉可以过去好久好久"。可可这句话让我差点流出泪来。

可可是我有生以来见过的所有男人和女人中，工作最卖力、生活最知足的人。

我常听可可说起她的"女朋友"。起初我还以为自己和珍妮都算是她的"女朋友"，没想到，其实她的女朋友是真的"女朋友"，而我和珍妮只是她的"女的朋友"。可可喜欢女孩，她不爱男人。

我一直想试探着问她为什么，但是总是话到嘴边就吞回去。因为，这有什么好问的呢？萝卜白菜各有所爱嘛，再说，人家英国法律早就允许同性恋结婚组成家庭了，甚

至可以养育孩子。牛津城每年 6 月还专门有一个声势浩大的同性恋人的庆祝节日和聚会活动。牛津大学的南公园里还特意开辟了一片很大的绿地，取名就叫"女同性恋者的花园"。虽然保守、传统、谨慎的英国人其实对同性恋并不赞赏，但是大家表现出来的姿态，却是海纳百川似的包容，而我却还要追问人家为什么只喜欢女的，不喜欢男的，岂不被看作是笑话？

但是我还是很好奇，除了想问为什么，其实更想问问她和女朋友谈恋爱的感受。两个女的怎么谈情说爱呢？在一起时都说些什么呢？也会常常问"你还爱我？"吗？

有一天，我和可可还有珍妮在牛津很有名的一家号称卖"家做冰淇淋"的叫 G&D 的冰淇淋店里吃冰淇淋。珍妮说要给大家看手相，一看我的，说："呀，有钱有钱，你手心里有一个小元宝呢。哎呀，不得了，你另外一只手里也有一个……"

再看可可的，她再次大叫："可可，你命里那个男人是个财运很旺的人呢！"

可可似信非信，一脸无所谓的冷漠，撇嘴说："男人？真的假的？不是骗我吧？我命里还会有男人？我哪里来的男人？我这辈子都不喜欢男人的，他们只会赌钱，只会惹事情，自己闯了祸，却要别人受罪！"

我对可可说："不光男人，女人也有赌钱的呀，你记得是在王家卫的电影《2046》还是在《花样年华》里面的那个女人吗？一只手永远戴着黑色手套的那个，不就是个赌徒吗？不过她倒是总赢不输，帮助梁朝伟赢过好多钱，记得吗？"

"我记得她，女人当然也有赌钱的，在香港，好多人家里有这种事情，反正不管男的女的，只要家里碰上哪怕一个喜欢赌的人，那就差不多完蛋了！我见过太多了！赢钱的倒真是没有见过一个！"一说这些，可可马上又黯然神伤。

我赶紧转换话题："你最近没有见你的小女朋友吗？你们还好吧？"

"她一直住在伦敦的嘛，只是偶尔来这边的。她来了，我就要花钱给她买礼物，买好吃的，她喜欢海鲜，那么贵的海鲜，花钱花得我好心疼，不过看她高兴我也真的是很开心。哎，最近她总感冒，晚上睡觉都一直在咳嗽，真让人担心！"可可说的时候，一幅牵肠挂肚的表情。

"哦。"我更加好奇，偷窥欲再次被点燃，好奇到差一点就要脱口而出："你们两个女的在一起怎么谈恋爱呀？晚上，那个，还真是要在一张床上睡觉吗？"但是我知道那样太不礼貌了，又一次强忍着把我的好奇咽回肚子里了。

可可好像从我的眼神里看到什么了，她笑了笑，对我说："我跟她也是很不容易才走到一起的！我是很认真的

哦，但是她呢，玩心太重，也不知道拒绝男孩子，最近还有男生追她，那个男生还蛮帅的呢，所以我有时候也很吃醋的！"

"真的？那她打算怎么办呢？"

"我不知道呀，反正我对她是真心真意的，希望能永远在一起，但是如果她被那男生抢走，我也就只有认命了！"可可说得很认真很认真。

"那你从来没有试着找个男朋友交往一下吗？"我尽量轻描淡写地问她一句，咽了口唾沫，心里却怕被她觉得不够 knowledgeable（知识丰富、知道的多）和时髦。

"我这辈子都不爱男人，我不吃香肠，只要鲍鱼。"她说得直白，可我好久才反应过来。可可脸没红，我却嗖的一下子脸红了。可可的话倒是解开了我长久的疑问，看来她们不是闹柏拉图式的 lesbian（同性恋爱），可可和阿吉是真的 lesbian！

那时候，英国正举行大选，如火如荼。因为旧执政党的一位官员支持伦敦的一个小家庭旅馆拒绝同性恋者留宿，BBC 便连篇累牍地播放着对两位男同性恋者的采访。每次看到那两位长得并不帅，牙不仅黄且牙缝很大，满脸透着颓废气息，只戴着一只耳环，耳廓上钉着一串铆钉状耳钉的中年男士向观众如泣如诉地说着他们的不公遭遇，我总会不由自主地联想到可可和她的女友。

我总在心里想："看来她们还是适合留在这里生活的。和我们东方国家比，这里环境更开放宽松，至少遇到歧视和不公待遇还可以大张旗鼓地表达自己的不满，而且，至少表面上看，大家不会把歧视那么明显地写在脸上。"

谁知道，两个星期之后，英国保守党执政，移民政策很快发生了变化，可可的工作签证出现了麻烦，她只有回香港了。

可可说自己躲在房间里哭了很久，但是，没有办法。"真的是不想回去，也从来没有想过要回去！除了要面对那个大麻烦，还要和一家人挤在很小很破的旧房子里，但是，也只有回去，没有别的办法。"

可可跟我说这些的时候，我脑海中马上浮现出了电影里香港贫民区里的破房子。全世界的贫民窟也许都是相似的，又黑又破又脏又拥挤又危险。我没有机会亲眼看看香港的贫民窟什么样，但是我曾经身临其境地路过伦敦的贫民窟，在最多10米远的距离外，从桥上观察过。看到那种乌七八糟的环境，人都会顿时心境灰暗，别说生活在其中了。听着可可的描述，眼前飘过电影里的画面和自己曾经看到的，我全部的感受就是在替可可担心。至少，在牛津，可可有自己的空间和生活，还有一份工作，有自己的薪水，尽管几乎全部都要奉献出来寄回香港还债，但也远比她回到香港贫民区那种环境中重新开始，辛苦讨生活要好过些。

在可可走之前，我给她的手机留了言，告诉她我在中国的手机号码和地址，还模仿可可的香港普通话表达方式在 Facebook（美国著名社交网站，常译作：脸谱）里给她留了言："我今年秋天就读完硕士回中国了哦，如果你和你的小女朋友有空去我住的那个城市旅行的话，记得一定要告诉我的哦，我好想带你们去尝尝那里的海鲜，好想可以有机会再见到你！带你们去船上吃鱼哦！呵呵！A big hug！（来个大大的拥抱）"

可是，可可一直都没有给我回复短信或者留言。但我还是相信，她一定看到并记下了我的号码。

我真的很期待，在未来的某一天能和她再见面。无论是在北京还是在伦敦，无论是在青岛还是在牛津，我都想找一间朴素的咖啡店或者茶馆，和她面对面在木桌旁坐下来，点一壶艳丽但清澈的热红茶，听她讲讲自己后来的人生故事。我真心地祝福可可能有快乐、富足、自在的人生，因为，她比很多人更值得拥有它。

金来的故事

　　我和金来认识的时候，她才 23 岁，是从浙江来的富二代。她 15 岁来牛津读书，顺利念完了语言课程和预科后，又读了大学，大学三年后，选了商业管理的硕士课程，当时正在读。

　　金来的弟弟比她晚 3 年来英国，那时在牛津北边的城市伯明翰读语言课程。父亲希望弟弟通过 A-LEVEL（英国高中课程考试，相当于高考）考试后，也能像金来这样，在伦敦或者剑桥、牛津 3 个地方当中选一个读大学，至少读完了硕士再回中国。

　　"我妈告诉我，生我的时候，我们家里穷得连饭都吃不上，所以他们想钱想疯了，给我起名叫'金来'。来英国后，好多同学说我的名字好有诗意，是不是和某个俄罗斯诗人有关，或者是'金达莱'的省略之类的。我都快笑死了，告诉他们，这名字很直白，They did really want money

at that time（他们那时候真是只希望有钱），真的就是'想钱来'的意思。"

"真的吗?"我有点不敢相信,因为现在金来的父母是他们那个城市第三大的房地产开发商。在当地,他们家的品牌无人不晓,上网一搜,有400多万条关于他们家公司的信息。短短23年,可以造就这样的亿万富豪吗?真的不用怀疑,在高速发展的中国,这样的故事确实比比皆是。

"我父亲上学就上到初中一年级,妈妈文化程度高些,初中毕业。所以他们恨不得我和我弟弟一路念完了博士再回家,我们俩可惨了!不知道读这么多洋书到底有什么用!爸爸完全是在让我们干他想干又没有机会干的事情而已!"

"你希望以后继承家业吗?"

"不想!太累!"金来很认真地回答。

"那你自己想要过什么样的生活呢?"

"我要去上海,那里离我爸妈不算太远也不算太近,我要去买个不算太大也不算太小的房子,买个不算太好也不算太差的车子,然后,就找个地方去应聘,去工作,找个自己喜欢的地方,做一份自己喜欢的工作,赚钱不要太多也不要太少,然后就那样过我自己的小日子。"

当时我和金来坐在海丁顿山校园里的草坪上聊天,正遇上牛津难得的艳阳天。美丽的大花园里,有来自世界各地的植物迎风摇曳,像大街上随处可见各种肤色的人一样,仿佛也是文化多元化的一个符号。

金来仰面躺倒在松软的草地上，用手掌遮住眼睛，不让阳光刺到。我们的背后是布鲁克斯家族400多年历史的英格兰风格老建筑，方方正正的金黄色石头房子，在门上、檐下藏着各种各样的美丽雕塑，冲着喷泉的方向，有一个大阳台。如果恰好有人正在对面看我们，那画面应该很像英国电影《罪赎》当中姐姐和妹妹躺在自家花园的草地上咬着草秆聊天的场景。

"哦，那你父亲会同意吗？你念了这么多书，难道就是为了离开他去给别人的公司打工吗？"我也躺下来，把头偏向一边，头发挡在眼睛上，把它当做是不透明的太阳镜，但是光线漏下来，还是刺眼，不敢睁开。

"我也是在想这个问题呀，我弟弟是比较听话的，至少比我听话，所以，还是让弟弟去继承父亲的事情吧，我嘛，就去过我喜欢的生活就行了。再说我是女孩，早晚要嫁人的嘛，让我继承了家业，岂不是肥水流到了外人田？再说我家又不是没有男孩！中国人这个观念还是挺深的，我想我父亲是会同意我的想法的。我只要有足够的钱花就行了！"金来反复强调说，"我不贪心，以后也不想分什么家产，只要钱够花就行！"

23岁的金来还没有男朋友，她每次放假回家，父母就张罗着给她相亲。但是相来相去，都是父母生意圈子里认

识的那些人的儿子，他们家里不是开厂子搞制造业的，就是搞物流的。金来毕竟也是读了七八年洋书的人，碰上那种在当地土生土长的小伙子，不管他们家里多有钱，金来总觉得瞧不顺眼。

因为，"不管说话还是打扮，不是怪土就是怪吓人的！还喜欢戴小指那么粗的白金项链，以为自己是球星呢？太搞笑了！"

但是少数几个从国外读书回来的人里面，年龄又没有合适的，"而且人家都已经有女朋友了"。

"我现在最大的问题就是男朋友了！你什么时候第一次谈恋爱的？"金来问我。

"差不多就是你这么大的时候吧！"我想了想，回答她。

"那我是不是算'剩女'了？我爸说我妈生我的时候才23岁。说我再不着急，就老了！"

"没有，你爸吓你！你至少还有七八年时间才能被算做'剩女'吧！别瞎想，也用不着焦虑！再说你的命这么好，怕什么？"我冲金来挤挤眼，笑了笑。

"是呀，我命真的还算好！我妈说，自从有了我，我们家真的来金了，后来更是越来越好了！但是说实话，穷的时候想要有钱，真的有钱了也不是什么好事。家里七大姑八大姨的，全部都挤破了头也要到我爸的公司来做事。不要他们来呢，就说你没有人情味，搞得现在是能干不能干的人，全在这里吃饭，推都推不走。而且，可笑的是，这些亲戚们当中还没有一个人是心满意足的，整天互相攀比，几乎个个抱怨我父亲没有给他们更好的位置，没拿到更高的收入。我爸爸真算是实实在在养活着他和我妈妈的两大家子的人呢，倒是连句好话也没有赚到。现在我要找男朋友呢，我家里人又担心人家是冲着钱来的，所以我爸妈他们总想找个门当户对的人家的儿子。这又不是买东西，哪有正合适的呢？真麻烦！"金来感慨。

"要不，你试着找个品德高尚的穷小伙儿！"

"上哪里找？不管穷富，不管高不高尚，我现在是只要找个脾气相投的正常人就行！可是真难！"

"现在的同学里面有没有？"

"没有，你也不是不知道，这里的同学大部分还不都是富二代公子哥？！当然好的也有，不过人家看不上我，不好的那些，我又瞧不上他们！"

"那你过去上高中的时候的同学呢？"

"都多少年没有联络了！唉！"金来直摇头叹气。

后来，金来试着和一个日本同学交往过一小段时间，又和一个台湾同学谈了3个月恋爱，之后和弟弟的一个同学的哥哥交往起来，不过很快也分手了。

我从她手机里存的照片看到，她的这些男友，无论中外，不管年龄，竟然无一不是长相英俊，极为帅气，都跟

小时候看过的动画片里那些大眼浓眉的男孩子似的！

"哦！天呀！金来，你原来是个色鬼呀！"我开她玩笑。

"是呀！好奇怪呀！我也才发现，我怎么是个以貌取人的家伙！但是想想也并不奇怪，因为女人找个男人，无非是找个生活的伴侣，希望是个依靠，可是我又不需要从经济上依靠他！至少现在是这样，大概以后也是。所以，我不在乎他有没有钱！那么剩下的还有什么？就是要能吸引我呀！如果长得都不好看，我怎么会有热情和他交往？"

"可是，他最好还是要强大一点呀，不管精神上还是能力上，我的意思是说，总不能只看外表，大帅哥一个，但是反过来让他依靠你吧？"

我本来想说"长得好看又不能当饭吃"，但是一想人家金来还真是不缺饭吃的。

"我知道的，可是长得好，能力又好的人真难找！"看来对金来来说，"长得好"还是要放在第一位的。

"呵呵，因为大家都想找到这样的人，连公司里招人不都喜欢这样的吗？所以一旦有那么一两个，恐怕很快就被哄抢了，你继续好好努力吧！"

金来读的第一个专业是商业管理，可是总有几门考不过，她只好改了专业，选了一个交叉科目最多的专业，这样好多学分还算数，她可以省些力气和时间。

在 25 岁的时候，金来终于揣着金融学硕士的学位回国了。但她没有能如愿离开家族企业，去上海过自己的小日子，父亲让她负责公司里的一项新业务，她忙得团团转。

26岁那年，她和父亲公司新招收的一个职业经理人闪电结婚了，那小伙子是北方人，高大英武。但是半年后，又闪电离婚了。

我从金来的博客里看她写道："我闪婚闪离，快到自己都以为不是真的"。文字旁边配着一张她在牛津和很多朋友一起过万圣节（鬼节）的时候，在牛津城里一家有几百年历史的老酒吧门口拍的照片。

那家酒吧叫"鹰和孩子"，我也在照片里，只记得那儿鬼气十足而不是贵气十足。照片上我们都穿着特别搞怪的衣服，有的还戴着阴森血腥的面具。金来把一件T恤铰得快成碎条儿了，两只袖子上面涂了很多血红的颜色，还在胸口画了骷髅，写着：I WANNA YOU！（吃了你）

我和金来有一次回英国参加校友会，听到金来亲口说起生活的变化，很是惊讶，忍不住追问她原因，她告诉我："我爸妈总是对他很防备！因为我们从认识到结婚才不到两个月时间，他们总觉得人家有所图，可是，我们自己觉得都是真心喜欢对方的。中间发生了几件与公司经营有关的事情，我父母总是站在家族的立场上，很多事情我父亲会干涉，他作为职业经理人很难办，出现了很多分歧。他认为我父亲太保守，我父亲认为他太不现实。总之，大家相

处得很不容易。离婚后，他马上被挖去了另一家公司，那家公司基本上是我父亲公司最大的竞争对手。然后我爸爸就说，你看到了吗，我们一开始就没有看错，他就是要来搞垮我们的！其实，他的选择也不过就是这么几家公司的，不去那里，那你让他去哪里？他也要吃饭的，是不是？呵呵，不说了……"

"你还想去上海过自己的小日子吗？"我想了想，才这样问她。

"很想很想，但是都不知道这辈子能不能实现得了！"金来叹了口气。

谁知道，校友会后一个月，金来又跑回牛津读书去了。因为弟弟毕业回国了，暂时可以替她一阵子。她对父亲说身体不舒服，也想继续充充电，临时选了一个商业进修课程就跑回英国了。

她在博客里感慨说：我又回来了，我终于回到了最放松的生活里，什么都不用再想了！

金来告诉我："这次从英国再回去，我无论如何也要离开父亲的公司！我要去上海，买个不大不小的房子，挑个不算太好也不算太差的车子，找个自己喜欢的公司去上班，不管赚钱多还是少，就那样过我自己的小日子，不管能过多久，反正这辈子我一定要过上几天那样的日子。"

就在金来说这些话的时候，她的一些同龄人，也许正在担心，孩子每天要吃的奶粉涨价了，汽油前两天又涨了……
金来呢，爹妈打拼下几十亿，当然也贷了银行几个亿，她
可以不愁工作不愁生活，住别墅，开跑车，想要什么都买
最好的，在这地球上的任何一个地方，只要想去，无论多
远都挡不住她的脚步。真的不知道有多少人在羡慕着金来，
可是，金来却千方百计地要逃开。我常常想，人呢，大概
都是以为自己得不到的那个是最好的。搞不懂这是难以克
服的弱点呢，还是我们生活中的动力。

刘宗宗：父母逼我来留学

我记得那是一个冬天的傍晚，在牛津市中心，我和张意蕴在阴冷的风里捂紧牛角扣的黑色羽绒外套，穿过玉米市场大街，拐到乔治路上，特意去可可工作的那家中餐馆吃饭，谁知道很少休息的可可在那个下午恰好请假了，我们也没有享受到八折优惠。

不过，那天却正遇上刘宗宗和他的几个朋友在我们前面那一桌吃饭聚会。刘宗宗一看就是不满 18 岁的未成年人，他长着一张娃娃脸，吃饭当中却四五次地起身到餐馆门外站着吸烟。恰好他吸烟时站的那个位置，我一抬头就可以看到，所以这次偶遇给我留下了深刻的印象。

后来，可可回香港后，我接替她在那家中餐馆做了两个月兼职，又经常看到这个年纪轻轻的小烟民去吃饭，吃饭当中他还是要出门吸上三、五回烟。

最夸张的是，有一次他上午 11 点就来吃早茶，吃完烧麦和云吞就到楼下的电脑房去打游戏，一直玩到下午两点再上楼吃午饭，一个人就点了三个菜，吃饱了又下楼去打游戏，晚上 7 点多又上来吃晚饭，吃完晚饭一伙人再到隔壁中国人开的 KTV 店去唱歌。

他付账的时候，从 7000 多元钱人民币一个的名牌钱夹里取出一张银行卡递给我，我一边帮他刷卡一边跟他开玩笑："你到底来英国干吗呀？就为了打游戏唱卡拉 OK 来的吗？"

他皱起眉头一脸冷漠地回答我："根本不是我自己要来的呀！"

我把卡还给他的时候，他连看账单上花了多少钱都不看，一句"谢谢"、"再见"之类的客气话都没有说就转身走了。肉嘟嘟的胖脸上，满是不耐烦的神情，蜡笔小新一样的粗眉毛都拧了起来。平常我帮他刷卡的时候，他也是不看账单的，但是"谢谢"他一定会说的。每次他说"谢谢"，我都能闻到他嘴里的烟味儿。当你嗅到浓烈呛人的烟味和便秘型口臭混合的气息从一个长着娃娃脸的少年口中飘出来……那是一种有点奇怪的感受，烟臭气从人嘴巴里飘出来，真是不分男女老少，都一样的难闻。

和金来一样，刘宗宗也是不折不扣的富二代，但是不同的是，人家金来顺利地把书念完了，而且拿着学位回国了。可是刘宗宗呢，14 岁来到英国，辗转换了 4 座城市，

伦敦、剑桥、巴斯、牛津，先后被 8 所语言学校劝退过。按他自己的说法："我就是从来都没想也从来都不想来英国，也不想待在这里浪费时间，什么牛津、剑桥的，对我来说，还没有我爷爷村里边好玩儿呢。"

18 岁那年，移民局拒绝给他再次延长学习签证，因为他语言学习时间过长且仍未取得最低标准的语言成绩。刘宗宗一无所获地回国了，但是对他来说，经过这么长时间的煎熬，似乎是他赢了，因为，终于可以离开这里了。

四载光阴，五个年头，走的时候，他说自己没有一丝留恋。看看刘宗宗的故事，你也许会想，这年轻人，其实也挺不容易的。

据刘宗宗自己说，他父亲是个不折不扣的暴发户。初中还没有毕业就开始混社会了，多年打拼后，开起了连锁洗浴中心，在当地有 12 家规模不等的店面，同时还经营高档连锁酒店和饭店生意，甚至入股了当地的三家五星级酒店和一家本地银行。

而他父亲却忍受不了自己交往的圈子里几乎清一色都是暴发户，当然更忍受不了自己的暴发户出身，所以，在刘宗宗 14 岁那年，精挑细选找了个海外监护人，安排刘宗宗前往英格兰求学，为的是让儿子读了洋书以后从此为他们家摘掉暴发户这顶帽子。

有意思的是，把十四五岁的孩子送出国读书，这在当地，竟然是很多暴发户不约而同的做法，但却完全不是刘宗宗这些小留学生们的意愿。

刘宗宗先是被安排到伦敦的一所语言学校，学校再负责安排每个学生住进一户当地人家里，以便帮助他们更快地融入到当地人的生活和真实的英语环境中。

可是，要让一个14岁的第一次独自生活的中国年轻人迅速融入到英国家庭的生活中去，并不那么容易。首先吃饭就是个大问题。

"连饭都吃不饱！"刘宗宗回忆说，房东早餐给他做一碗凉牛奶冲出来的玉米片和甜麦片、两片烤面包、一小碟奶油和果酱、一杯冰果汁，有时候还有个煎鸡蛋，两片培根或者一截儿香肠，外加一只香蕉或者一个青苹果；午饭在学校里吃，花上五六个英镑，买两块三明治，一瓶饮料；晚饭又回家吃，半盘子白水煮米饭，水煮西兰花和胡萝卜，再洒上一些肉浆、番茄酱，有时还会有烤肉、烤鸡，但是那些肉都没有什么滋味，一定要蘸着番茄酱和肉酱来吃，否则根本咽不下去。

"我实在是吃不习惯，两个月下来就瘦了20多斤，后来，晚上回家一看见女房东煮的菜我都恶心，只有跑到中国超市去买泡面回来偷偷吃。但是女房东不允许我们自己做饭，也不允许在卧室里吃东西。方便面的味道那么大，当然瞒不过她。那天我正吃着，她蹬蹬跑下楼来，敲门进

来，发现了以后，很恼火，马上给我的监护人打电话，给学校打电话。因为房子是学校给安排的嘛，很快监护人就给我老爸打电话，连他也知道了，从中国打电话过来训我。要知道我在国内什么好东西不能吃，来了这个鬼地方竟然连个方便面都不敢吃了，简直是烦透了！"

"那你怎么办？吃可是个大事！不过你气色还不错。"刘宗宗无论是脸庞还是体态看上去都是肉乎乎的。

"那还能有什么办法呢？使劲适应呗，有时候跑到中餐馆来吃点东西，有时候就是吃三明治、比萨什么的，硬往肚子里咽呗，像服药片一样，反正不想饿死，就得吃。我现在这不是胖，是虚肿，绝对是亚健康！"

刘宗宗本来在国内学习成绩就不好，来了英国，监护人给他计划的是学习一年到两年语言后，进英国当地学校读高中课程，然后一路往上读。他父亲要求他必须读完了大学再回国，但是没有想到，读了两年语言，收获小到几乎没有。

"那，你转了七八次学校是你自己要转的吗？还是怎么回事呀？"我委婉地问他。

"我出勤率不够，被学校劝退的！"刘宗宗一点也不回避，他似乎根本就不把上学当回事儿。

按照刘宗宗自己的说法，他只不过把睡觉、吃饭的地方从中国换到了英国而已。在中国，他早上不起，晚上不睡。在英国照样是白天睡大觉，晚上玩网络游戏，黑白颠倒。一个周只有 4 天上课，一天上 3 个小时而已，可他经常晚上玩游戏玩得太晚早晨起不来。每星期的 4 天上课时间里，他至少有两天旷课，有时候托同学请假，编个理由说病了去医院，一周都不去学校。

天长日久，其他同学都已经逐渐升到中级班和高级班了，只有刘宗宗同学还是待在初级班里。学期终了的时候，学校考核出勤率，刘宗宗出勤率达不到最低要求，于是只能被开除了。

不过，专业的监护人总有专业的处理办法，这所学校开除了他，下学期就给他转到另一所学校重新开始。于是，从伦敦到剑桥，从巴斯到牛津，接连换了 4 个城市，转了 8 所学校，但是他的学业还是没有什么长进。

可是刘宗宗一直盼着被移民局拒签，他认为那是最好的结果，父亲和监护人就再也没有办法让他继续留在英国了。

不知道刘宗宗是否也能像他爸爸那样会赚钱，但刘宗宗从他暴发户父亲身上继承的某些特点倒是显而易见。

有一次他到中餐馆来吃饭，我给他们送饮料的时候，听见他洋洋自得地跟旁边的朋友说："信不信，我有 3 个女朋友，一个现在在英国陪着我，还有两个在中国等着我呢！"

我中间给其他顾客送饮料的时候，从他们桌旁路过，

又听到刘宗宗他们几个人在拼到底谁家里更有钱。

刘宗宗说："我爸爸曾经一天就给政府交了 300 万元的税！"

另一个学生说："你们家那是被罚的吧？交税哪有按天算的呀？"

然后几个人就肆无忌惮、放浪形骸地哈哈大笑，俨然一桌子小暴发户。

我相信刘宗宗离开英国的时候一定是如释重负，特别高兴。

在牛津我遇到过很多和他一样根本就不想出国读书，却被父母硬送出国的语言学生，当中很多年轻人和刘宗宗一样，也是来自父母学识不高的富有家庭。他们里面开心的没有几个。在当地的语言学校里，这样的学生总凑在一起吃喝玩乐，但是成绩好的没有几个。不过他们的开销却是有一个算一个，令人咋舌。

我曾经问过刘宗宗，他在英国读书的这四五年，一共给家里花费了多少钱。刘宗宗得意地说："我每个月跟我爸爸开出的底价是 2000 英镑。要是我表现得好，碰上他的心情也好，跟他要 1 万英镑他也会让司机马上去银行给我汇过来的。"

2000 英镑当时折合人民币 24000 左右，1 万英镑就是大约 12 万。也就是说，遇到他的监护人向他父亲表示，刘宗宗最近表现还不错，而且他父亲心情也不错的时候，他一个月可以拿到 12 万元人民币，然后随心所欲地花掉。而 12 万元人民币差不多都够在某些贫困山区盖一所小规模的希望小学了！

刘宗宗说的这些，还仅仅是他日常生活的开销，并不包括学费和交给监护人的费用。像刘宗宗这样的小留学生，一年语言学校的学费大约在 8 万到 16 万元人民币之间，刘宗宗读的学校都是最贵的。英国人家庭收取的食宿费用大约每月六七百英镑，再加上他每个月 2000 到 1 万英镑的开销，还有他往来英国和中国的机票，这些都算在一起，他一年的花费差不多要在 80 万到 100 万元人民币之间。能想象吗？大约每天平均花 2739.73 元人民币，这应该比他爸爸开的洗浴中心和饭店里的好多员工月收入都高些。

而同样在英国，一个读大学或者硕士的欧洲以外国家留学生，比如中国留学生，一年正常的学费和开销都算在一起也不过二十几万人民币。很多大学生和研究生还千方百计打打工，好赚点零花钱，节约一些开支。

但是对刘宗宗这些小留学生而言，他们似乎没有勤奋读书和节俭度日的概念，大概也从来没有人告诉过他们，为什么要勤奋读书、节俭度日和怎样勤奋读书、节俭度日。再说了，如果他说的是真的，他父亲一天就给政府交了 300 万元人民币的税钱，他恐怕也真不知道为什么要省钱，

给谁省呢？买东西要等到打折，好省下几十个甚至就才几个英镑，干什么呢？

按说他爸爸就不应该让他知道自己家的收入状况，更不应该跟他说一天就交了 300 万元的税之类的事儿。

我曾经和我的室友白老师聊天谈到这些小留学生。白老师说他有一次坐公交车遇到一个同样十几岁的中国留学生，那男孩上了车就开始给北京的同学打电话，打了 20 多分钟一直到下车还没有挂断。那男生在电话里一直和北京的朋友聊北京发生的事情，无聊的有聊的一直在聊。白老师开玩笑说，那电话仿佛是根脐带，这孩子人在牛津，精神上却还在吃那边的营养。

白老师感慨："唉，出国读书当然是好的，但是现在这样真的不正常呀！孩子不愿意来，父母一定要他来，他来了以后，才十几岁，没有亲情，没有朋友，环境陌生，语言不通，连正常生活都没有了，健全的人格培养都是个大问题，你还希望他学业上能有多大收获呢？再一个呢，那些暴发户家庭来的学生，本来在国内还不是这么集中地生活在一起，来了这里可好，天天在一起吃喝玩乐，买名牌，有几个比比学习的？我就感觉，这些暴发户呀，大概就算运气好，也需要好几辈子才能摆脱掉暴发户的那些习气，想在第二代就摘掉暴发户的帽子，恐怕很难。"

静好:"桃花运哦,虎年大吉"

郭静好是张意蕴的好友,在读人文与艺术学院的硕士。我第一次见到静好就喜欢她,她偶尔很安静,偶尔很喧哗,大多数时候,就是你问她答,但是常常逗得我措手不及,大笑不止。在牛津这个地方,遇到一个会把中国话说得还算有趣的人,也不太容易。

静好的先生是北京一家公司的负责人,被派来伦敦工作9个月,现在已经结束伦敦的工作回北京了,静好却留在了牛津读起了硕士。

我问静好为什么要来读书,静好说:"反正我们本来也聚少离多。他天南地北地跑,原先我就算在北京也常常见不到他。他在伦敦工作的时候我一个人在家又无所事事,就来牛津读书。现在他回了北京,我们反而能天天视频聊天,天天见面了,还互相牵挂得不得了。确实没多想,想读书,条件允许,趁自己还年轻就来了呗。要是想多了,

可能就来不成了!"

"那你家宝贝儿子怎么办?"我问静好。

"他回中国上学了,主要是姥姥照顾他。"

"那你打算读完书回去吗?"

"主要看我老公,他在哪里我就去哪里!"静好一脸甜蜜。

静好儿子放寒假的时候,正好赶上我们硕士课程新学期的第一个月,静好把儿子从北京带来了。巨石阵、古城巴斯、剑桥、莎翁故里、伦敦眼、大本钟……周末母子俩到处疯玩。

为了欢迎静好家的小帅哥,蕴、我还有静好娘儿俩一起去中餐馆吃饭。点完了餐在等上菜的时候,服务生给每个人发了一个幸运饼。多出一个我们要给小帅哥,却被静好这当娘的抢去了,说儿子吃多了小点心会不好好吃饭。

所谓的幸运饼无非就是那种薄脆饼卷起来像个空心小元宝的点心,咬开之后里面夹了一张小纸条。

我咬开,纸条上写着:"考试第一!虎年大吉!"

蕴咬开一看:"择业顺利!虎年大吉!"

静好咬开则是:"桃花运哦!虎年大吉!"

再咬开一个,竟然又是"桃花运哦!虎年大吉!"大家冒着呛气管的危险狂笑起来,她自己也大笑不止。

小帅哥的更好玩,是"平步青云!虎年大吉!"

他一边 一字一顿念着"平——步——青——云"，一边追问我们"阿姨，什么是'平——步——青——云'"？大家七嘴八舌地给他解释。

这家中餐馆大概算准了来吃饭的有一半是留学生，一半是来自中国的食客，其他的中国食客不是商务旅行团的就是政务考察团的成员，所以，"考试第一，择业顺利"送给留学生，"桃花运哦，平步青云"送给官员和商人，准没有错儿。

没想到的是，过了大概两分钟，静好儿子突然眨巴着细长的大眼睛说："我要告诉我爸爸！"

静好问："告诉他什么？"

小帅哥说："告诉他你有桃花运！"

我们都笑得肚子疼，9岁半的孩子，真是太好玩了！

我逗他："为什么要告诉你爸爸呢？"

"我妈有桃花运！我爸能乐意吗？"小伙子一脸英气，挑着眉毛反问我，仿佛在说：怀疑我的智商呀你？

"有桃花运多好呀！"蕴对他说。

"她都已经有桃花运了，再敢有桃花运就违法了！"

我们又笑得喘不动气。

静好儿子一个月的寒假很快结束了，没想到刚把儿子送走，静好竟然真的就交上桃花运了。

"怎么办呀！哈瑞把他的手机号码和私人信箱都告诉

我了，天哪！我突然发现，我还真是喜欢他这种类型的人！他真的很渊博，就像一本永远也翻不厌的书！我该怎么办呀！"静好对蕴和我说，眼睛里和脸颊上都飞过一抹桃红。

哈瑞是静好的导师，是他们专业的系主任，一个上课言简意赅，其他时候更是少言寡语的英国男人。他看上去四十五岁左右，已经编写出版了二十几本书，据说在他的研究领域，在整个欧美学界都很有影响力。正常来说，英国导师是绝对不会把自己个人信箱和私人电话轻易告诉学生的，因为大家都用学校的信箱互发邮件，除非，他希望你们的关系能更近一步。

"桃花运哦！天哪！这么准，难道我也真能考第一吗？"我双手扶住我的黑边眼镜，想起幸运饼里面的纸条，禁不住向往并大叫。

"'择业顺利'！那我也一定能找到一个好工作了！"蕴也只是在关心她自己的前途。

"快帮我想想该怎么办！"静好两眼放光地央求我们。

"直接告诉他，你有老公有孩子！"我出主意。

"可是，我可不舍得这么快就告诉他！"静好两个手腕合在一起，托着腮帮子，两眼眯缝起来说。

"那你就毫无顾忌地再谈一场恋爱！"蕴双手用力交叉握在一起，做出一副夸张的下定决心并且义无反顾的表情。

"那个，我倒也做不到！想是想，但是不敢啊！"静好可怜巴巴的。

"那就暧昧着，好好享受一下这种第四类情感！"我又出坏主意。

……

静好差不多每周要去见她的绅士导师两次。每次和哈瑞见过面，她当然都会忍不住要跟我们俩汇报一下感受，静好说："不然的话，我怕自己憋在肚子里会生出瘤子的。"

张意蕴听她诉说自己的心潮澎湃次数多了，有一次回了她一句说："你倒是都说出来了，你自个儿肯定是不用长瘤子了，我倒是快长瘤子了！我眼看 32 了，还没有半个男朋友！你倒好，儿子快 10 岁了，还有这种令人翻不厌的书自动打开让你看！这是什么世道呀！真气人！不过，我不是吓唬你，郭静好，你可要把握好了你自己！"

除了上课，哈瑞还约静好一起去城里看电影。接着，又约静好一起去一家有 100 多年历史的老餐厅吃烛光晚餐了。每次他们都是从牛津城中心一起往回走，过了莫德林图书馆，过了桥，再往前走一段，左拐到马斯汀路，那么长的一条路，两个人在月光下沿着路旁的林荫道走回海丁顿山的校园。

静好对我和张意蕴说："和哈瑞在一起，聊着天往校园走，心里那么踏实安稳，心无杂念，像在心底深处种下了

一大片草原，感觉真的就是'现世安稳，人生静好'！"

蕴马上打断她："怎么突然跟个老少女似的！Stop（停）！呵！他可不是那样想的！他是个男人！还是个谨慎的、审慎的、有阅历的英国中年男人！想想看，要是你是个男生，他能约你去看电影去吃饭吗？"

"你有聊吗？怎么总是扯到男男女女的那些事儿！我如果是个男的，这当然也很难说，他本来就是研究文化的嘛，这不是很正常吗？他对中国文化感兴趣而已！这和我是男是女没关系！"静好一脸老单纯的表情。我暗想，这绝对是桃花运的力量，郭静好同学很危险呀！

"我敢打包票说，要是你是个男生，他绝对不可能约你吃饭看电影什么的，还一起踱着步走回学校！"蕴斩钉截铁，一脸凛然正气。

"那就算他有点什么想法又怎么样！我们又没有做什么出格的事情！手指头都没有碰过一下好不好！再说，人家哈瑞3年前就离婚了到现在还是一个人……"

"什么？连这个他也告诉你了！"静好没说完就被我打断了。看来哈瑞真的可能有点什么想法。"我觉得你还是要快点告诉他你已经结婚了！"我说。

"他知道的！他还知道我有儿子！"静好平静地说。

"你终于跟他说了？"蕴问。

"不是，是我们来念书之前的个人申请表上不是都写着的嘛。他一共才带 8 个研究生，资料都在他那里，我猜他对我们的情况大概了解的。他旁敲侧击地问过我一次，不过我猜他大概以为我的婚姻遇到什么问题了，因为我手上没有戒指！"静好抬起双手晃了晃，说。

"那你怎么说？"我们俩同时问。

"我什么也没说！"郭静好似乎有点不好意思。

"啊！你故意呀你！为什么不戴戒指就跑来了！赶紧买个戒指套到指头上！不要让人误会！"我和蕴几乎异口同声。

"不是呀，他问我的时候，我根本就拿不准他什么意思。他比我大了 10 多岁呀，英国人又那么精明，或者说，狡猾，他难道会直接问我是不是婚姻闹危机？他只是问我，和家里人几个月没有见面了，我说 7 个月，他就若有所思地点头，然后他又问我，家人有没有陪我在这里读书，我说没有，他又点头。他这才说，他现在是一个人，3 年前离婚了，没有小孩，他不喜欢小孩。他很好玩儿，他说，自己就像不喜欢宠物和一切小动物一样，不喜欢小孩子。因为，他怕它们。呵呵……"

"连这些哈瑞他都和你说呀！那你为什么不马上告诉他，你老公年轻有为事业有成，你儿子苗壮健康成长都一米四五了！老公和儿子都在北京眼巴巴等着你回去呢?!"我和蕴又几乎异口同声地"呵斥"她。

　　"唉呀，我又没有对他说我也是一个人，我不说话不就等于说，我个人资料上的 details（细节）没有变化吗？如果我接着他的话说，那个，和您已经离婚了不同，我目前家庭幸福，有老公有儿子，老公如何如何，儿子如何如何，那不是明摆着在刺激人家吗？人家说不定一点别的意思都没有呢，那样说反而显得我很狭隘不是吗？他可能真的没有一点别的意思呢！"静好竟然一点都不脸红地给自己找着借口。这家伙！这女人！

　　"那你，到底希望他有意思和你交往，还是希望他根本就没有别的意思呢？"我总想试着窥探一两眼静好的内心世界。张意蕴说得真没错，什么世道？这桃花运竟然还真是有的，只是，它怎么就落不到咱头上呢？不光张意蕴同学着急，我也挺着急的。桃花运来了，可以嘎嘣脆抽那个桃花运两记耳光，要不，推来搡去或者半推半就地对它说个"NO"呀，多少还算个人生体验和谈资呢，但是桃花运从来都掉不到自己头上，听别人说那就是另一回事了。再说，这还是跨国桃花运呢！多让人跃跃欲试！

　　只是静好和哈瑞这两位，都有点懒洋洋的，连他们的暧昧也一直都懒洋洋的，他们两个谁都不主动去说破它，可是两个人又都清清楚楚地知道，有那么一个东西是一直存在的。我猜想，他俩还都挺享受这种懒洋洋的暧昧。这大概和中国水墨画有相似之处，氤氲薄雾都是必不可少的，一下子看清楚就没有意思了，变成西洋人的素描了。

要说他们后面的故事，更像泼墨写意了，而绝非西方人把葡萄、秋梨、野花、玻璃烧杯或者花瓶等等堆在一起，完全遵循透视原理、遮挡关系的，有什么画什么的光影物写生。

蕴：找到了，终于找到他了

蕴的全名叫张意蕴，她说"意"字从她爸爸的名字里头来，"蕴"则从她妈妈的名字里来的。中国同学一开始叫她"意蕴"，但是其他的欧洲人、日本人，不管老师还是同学，都喊她"蕴"。

我们猜，大概他们不会连着发出"意"和"蕴"这两个都是 Y 打头的发音，而中国人会特意把两个字断开，并且很自然地就把重音放在了第二个字上，听着那么舒服。不过后来，为了省事儿，中国同学也都只喊她一个字的名字"蕴"了。

蕴在医学部学习"国际护理"专业，来读硕士之前，她在沙特工作过 3 年，在伦敦工作过两年，做过 ICU 护士，也做过老人院的护理，再加上有在中国的工作经验，是老师特别喜欢的那类学生。因为和这种在好几个国家工作过的学生交流，往往可以更加有的放矢地探讨一些实际问题，老师甚至还可以获得一些特别的第一手资料。

蕴回忆起自己第一次出国去沙特工作，说："当时失恋了，太伤心，只想离开。现在回头一看，吓一跳，一转眼就五六年了，但是，好像有点回不去了！"

蕴说的"回不去"，是因为她逐渐习惯了英国式的生活，特别是在牛津这种地方，没有高楼，绝大部分人住在两层三层的小房子里，到处是绿地、公园、酒吧、河和小桥，还有古老优雅的建筑。人少，闲散，河面上天鹅、野鸭游弋，垂柳夕阳、泛舟的学生，一派自然的田园风光。用蕴的话说，"人在这种地方待久了，会懒，身体懒，心也懒"。

但是 32 岁了还没有成家，蕴的家人很着急，希望她早点学成回国找个男朋友。暑假交了论文后，蕴回国和家人小聚。

"马路上怎么那么多车呀！全是汽车尾气！而且到处是人！还有车怎么都那样走道呀，擦着人的衣服就开过去了，也不让一下！我过马路都不敢挪步！太吓人了！"蕴打电话跟我抱怨。

我说："咱们本来人口就多嘛。你想，全英国的人口和咱们一个省的人口差不多，难道你不知道呀！"

"那英国地方也小呀！咱们人多也不能多成这样呀！而且到处都是高楼，连一片绿地都不舍得留……"

蕴显然是太久没有回家了，还跟我抱怨一出了机场，

就遇到冷脸的大巴司机，人家不给她搬行李，她差点和那人吵起来，心里很不舒服。

她一定是习惯性地以为不管在哪里，大巴司机都是会主动给搬行李的，而且，都是笑眯眯地给搬行李的。

我在电话这头笑出声来："你看来真的不适应了！不然过一段时间再回去吧，回英国找个工作，继续留在那里算了。不过那儿也有那儿的不好呀，你也要想明白了！"

"是呀，在英国时间久了会有点孤独！"蕴叹口气说，"不过说实话，我留在哪里都无所谓，都会慢慢适应的，只要能找到合适的男朋友。"

回国的时候，家人给蕴介绍了一个男友，两个人只见了两次面，她就不想和他继续交往了。那个男的和张意蕴约到一家餐厅吃饭，他只顾自己推门先进去，张意蕴却想当然地以为他肯定会推门请她先进。没想到，男人不仅是自己推门先进去了，还没有帮后面的蕴把门顶住，张意蕴走得慢了点，差点被弹回来的门打着腮帮子。

"太差劲了！"蕴在电话里又气又恼，简直有点气急败坏地对我说，"那人一点涵养也没有！中国男人就这点实在是太差劲！"张意蕴显然是以偏概全，打倒一片。

"也许只是表面现象，至少人家请你吃饭了不是吗？再交往几次看看。"我安慰她。英国人不分男女在公共场所会帮后面的人扶着门，甚至让他们先过，这是大家基本的生活习惯；男人给女人开门，男人请女人先进电梯等等，也都是再平常不过的习惯。

"我真受不了，而且结账的时候他还因为认识酒店的经理心安理得地过去插了个队！"我能想象出张意蕴在电话那边皱起了眉头，一副瞧不起与反感的样子。

"那你还是回去找个英国绅士吧，至少他总能给你扶着门，请你先走，按着规矩排队结账不插队。不过吃完饭可是要各付各的账哦！"我逗她。

"你知道我不喜欢英国人的，也从来没有想过要嫁给个老外，你说这可怎么办？回家又觉得这里也不好那里也不好的，但是回了英国，有时候还是会很想家。"蕴叹气。

"你呀，也不要着急，等你遇到一个合适的人，大概不管怎样，不管留在哪里，你都会喜欢了！"

但是，只在家里住了一个月，蕴就回英国了，回到牛津她租的那对医生夫妇大宅子里的小房间。医生家住在半山坡上，独栋的房子，在中国都得叫"别墅"、"豪宅"。300多平方米的后院全是花草，100多平米的前院铺的是从布莱顿海滩运回来的白色鹅卵石。每天呼吸着超多的负氧离子，蕴却果真开始觉得"孤独"了。

我发邮件对她说："要清静一些，就难免孤独。你回来嘛，就是热闹，但是热闹就是人多，人多你又受不了，那怎么办好？人总是这样的。你还是先找找男朋友看。"

　　"我发现自己挺爱逃避的，习惯了一个地方，回去还真的要从天到地到人，从空气到水土到食品添加剂到人际关系地重新适应。男朋友又可遇不可求，你知道，老外我是绝对不感兴趣的，当然咱说实话，贝克汉姆那样的人也看不上咱。但是对中国男人，我又总挑三拣四甚至挑刺儿，只看他们的缺点！上次回去我妈还硬要我去见了一个老同学，他还跟上初中的时候那样，把一大串钥匙挂在腰上，你知道的，就是用个铁家伙拴在腰带鼻上，西裤还烫着杠杠，我的老天爷，走路哗哗响，响了一路。你说英国男人再不好吧，可就没见过这样的，人家至少干净利落、神清气爽。什么年代了谁还把钥匙拴在腰上呀？我是真的受不了中国男人！你说我可怎么办好？"蕴回复说。

　　我理解她，但是又没有什么灵丹妙药给她，也不敢给她乱指点，只是回了封电子邮件告诉她："多和周围的朋友见面，多交新朋友，再接再厉！大概总会遇到的吧！"

　　没想到两天之后，她就发邮件告诉我："真是自己都不相信，大概找到他了！在去伦敦的火车上遇到的，算是个富二代吧。他是你们山东的，家里做钢材生意，但是他人还算朴素。只可惜，比我小了三岁，我实在有点忐忑。"

　　蕴真的找到男朋友了，我特别为她高兴，马上发邮件祝贺她成功找到"青蛙"，而且还是"女大三抱金砖"。我让她多告诉我一点关于他们相遇的事儿。

　　原来，他们两个在火车上坐在同一节车厢里，面对面坐着。都是独自一个人，又都是亚洲人，四目相对，那男生就忍不住用英文问她会不会讲中文。蕴也讲英文，说："我就是中国人，怎么能不会说中国话呢！"又故意反问他，"你是日本人吧，还是韩国人？想找中文老师？"

　　那男生马上就笑了，由伦敦口音的英文，换成山东快书味的中国普通话，两手交叉，身体前倾，无比真诚地一字一顿地说道："我只是想去格林尼治天文台，猜测你是中国人，想问你知道在哪一站下吗？"

　　"你头顶上不是有路线图嘛，格林尼治那站不是清清楚楚写着的吗？你刚来的呀？"意蕴还是装作不理不睬的样子。

　　"我来这里 7 年了，刚才故意问你的，不然和你说点什么好呢！"那男生依旧语气缓缓地对她说。蕴一听就笑了。也只有在英国生活了七八年的中国小伙儿，能有这样一股子慢不悠悠不慌不张的绅士格调。

　　然后两个人就一起去了格林尼治，看完了美丽无比的夕阳下的天文台，回来的路上，还在小镇上卖很贵的哈瓦那拖鞋那条街的拐角处，一家老得不行的西班牙餐厅里，吃了一顿很贵但是据说超级不好吃的烛光晚餐。

　　去的时候两个人没拉手，从餐厅出来的时候，也没拉手。不过男孩过马路的时候以提醒她躲避汽车为由，轻轻搂了一下张意蕴的后腰。张意蕴后腰上长了一个小胖肉瘊

子，那男孩的手掌恰好温热地隔着衣服按在它上面，张意蕴"嗖"的一下，从来没体验过这种过电一般的感觉。她也说不清是什么感觉，反正麻嗖嗖地迅速飞遍全身，脚趾头都有感觉。她再抬眼看那男孩，人家依旧不慌不张的，显然不知道她后腰里藏个宝贝引起了这等强烈的化学反应。张意蕴突然偷偷觉得，可以和这个人更亲近些，她身体上的小胖肉瘊儿和精神上的小胖瘊儿都希望能和这个人更亲近些。

"他的手真宽，以前还没有人那样搂过我一下，除了我爸！"其实大龄女青年非常好糊弄，严肃的张意蕴自此也变得感性无比。

"他要付账，我就没有跟他客气，呵呵，还是中国男人好呀！generous（慷慨）！而且，你知道吗？我那天根本没打算去格林尼治的，他也根本不是真的要去格林尼治的，呵呵，只是找个借口。我呢，也不知道怎么了，他说一起下车吧，我竟然就真的乐呵呵地和他一起下车了，然后两个人就傻乎乎地跑到格林尼治天文台待了一个下午。那天我们连个相机也没有带，就用手机胡乱拍了几张照片。更好玩的是，我们都在英国生活好久了，但是却都是第一次去格林尼治，都是第一次去踩那条分开东西两半球的著名经线，你说不是太巧了吗！太好玩了！呵呵，现在想想都觉得有点不可思议！"张意蕴回忆道。

"哎呀，你这简直浪漫死了呀！我真的觉得不相信呢，我坐过无数次火车，怎么就从来没有这等艳遇呢！我腰上也有颗痣，没你的小瘊子大，大概不会那么敏感……我自己摸摸试试，不隔着衣服都没任何感觉……"我跟她逗乐。

"你说着说着就不正经了！再说你还要有艳遇干什么？你都已经找到青蛙了！我这个也不知道是不是找对了，说不定下个礼拜又分手了呢。人家年龄比我小呢，小了整整3岁！3年时间，在英国一个本科都念完了，我担心我们会有代沟的……"那时候，蕴不是很有信心，总是下意识地把年龄上的小小差距当成障碍和借口。

但是，大概也真的是天赐良缘，他们俩顺利交往起来，6个月之后，两个人就手拉着手回山东老家结婚去了。

蕴和钢材富二代同样把家安在一个半山上，从她发给我的照片看，那栋房子真是有英伦乡村别墅的 style，后院花木葱茏，有数十种植物，而前院竟然也是撒满了鹅卵石，不过不是白色而是长着黄褐色花纹的那种。唯一和我印象中的英国大院落不同的是，这房子太新了点。细想之下，无论是花园、大房子、博物馆、英国的本土名牌货，还是我们天天穿梭的校园，在所有的英伦范儿里，似乎都嗅得到岁月沉淀的味道，那或许是一种任何新东西都无法取代的优雅和品味。相比之下，咱们现阶段好些中国新贵们展示自己有钱，真真急不可耐，慌不择路，就恨不能脑门子上贴着金，写个数。

　　钢材富二代遇到张意蕴之前已经在英国读书漂泊了七八年，据说曾经也有过蕴那种"回不来"的感慨和忧虑，但是自从他们俩遇到后，竟然两个人在一起，就有了"回来"的力量，回来继承家业，回来和父母团聚，回来结婚生子，回来过日子，一切似乎都变得不费劲了。

　　我猜想，大概他们两个人在一起的时候，可以很好地沟通，也可以互相发发感慨。两个人相似的生活经历使他们之间有一种难得的默契，而这种默契对一个人释放压力、缓解焦虑都是特别有用的。

　　但是，这两个家伙的运气真的是好极了。我认识的很多中国留学生，好多人一直在纠结和犹豫着"回去？还是留下？"往往，一晃四五年也就过去了。

　　如今的留学生已经不像大多数上一代出国的人那样，出来了，就不打算回去了。那时他们无论千辛万苦也要留下，原因不言自明。而如今，回去和留下，是各有各的好处，回中国，那是一个全世界发展速度最快的地方，机会无限，一切皆有可能；而留下，可以拥有一份安静的心情和生活，常常骑车绕水而行，去河边喂喂天鹅或者野鸭，就算拈着一支野菊花，沿着无边的草地漫无目的地走，也总会在某个地方突然发现成群的马和奶牛，这些都会让你从心底油然而生轻松悠闲，脚板下也自在舒展。

　　据我观察，对大多数的中国男同学来说，"想要回去"

还是主流思想，他们当然是想要在这个前所未有的中国高速发展时代，回去实现自己的家国梦想，实现自我价值；但是对很多女同学来说，花园、草地、野鸭子和天鹅的诱惑力却相当大。

常常在同学们聚会的时候，男生们会笑话女同学的人生价值观出了问题，他们会模仿有些学究教授讲课时的口吻讥诮："请问诸位，就因为美丽的花园和高尔夫球场一样的草地，还有那些胖松鼠、肥天鹅、小矮马什么的，你们就想要留下来吗？逻辑关系有没有搞错呀？"

但是有主见的女生定会马上镇定自若地反问："请问，我只活一辈子，从现在往后数也就半拉个世纪，两万来天而已，我希望生活在一个有更多花草树木的环境中，渴望多呼吸一点负氧离子，少吃点食品添加剂，多回归大自然，追求更宁静更干净的环境，难道有什么错吗？"

眼看大家的话语已经走上了两股平行线，根本搭不到一起，准会有反应还算比较快的某个男生说一句"嗨，和你们女的真说不清楚"来结束这个话题。男生知道，不然的话，对面讲话的女生会无休无止地进行说服教育，这次聚会也就彻底毁了。

其实没有什么答案，永远没有答案，当然也永远不会有标准答案。不同的人，不同的阶段，自然是各有所思所想，各有所爱。

牛津打工，有吃有喝还买个 L 某

毕业前的 3 个月有一个短学期是用来写毕业论文的，几乎没有课。可可因为工作签证受限，回了香港，我就接替她到"真中国"中餐馆打了两个月的工，真可以说是有机会体验了完全不同的人生。

打工并不为了赚钱，对我来说，最大的吸引力是可以免费吃两顿很好的中餐！

免费中餐实在太有吸引力了！大概每个中国留学生遇到的第一个大问题都是"吃饭问题"，因为英国饭实在难吃，自己给自己一个人做饭又实在很麻烦。

就拿我个人的体会来说吧，做饭就肯定要抽时间去超市买菜，回来还要洗菜、煮菜，吃完了还要洗碗筷、擦炉灶，费时费力就做那么一点饭菜。要是天天蹭人家白老师和其他室友的饭吧，又不太现实，你总吃人家的饭，人家吃什么呀！其实偶尔吃一顿都不太好意思，即便人家不说什么，因为不光是占了人家肉、菜、粮食的便宜，还占了人家时间上的大便宜呀。

当然也可以跑到中餐馆吃，不能天天去吃，不仅坐车就要20多分钟，而且非常贵。三五个人还可以多点几个菜，一个人吃，最多也就点两个菜，却至少要二三十英镑的样子，又费钱，花样又单调。

要说我们经常吃的午餐，也是老师和同学们经常吃的午饭，那真的是很可怜，就是些三明治、空心粉、薯片、果汁、苹果、香蕉、酸奶什么的。因为在图书馆和教室里不能吃东西，还必须到走廊或者休息区去吃。好天的时候，就去校园的大草坪上和其他同学一样席地而坐，晒着太阳，五、六分钟就把这些东西吃完了。

在很长一段时间里，我总感觉自己天天背着速食在春游。就像刘宗宗同学说的一样，实在是难以下咽，但是不想饿死的话你就要使劲往下咽，还得再顺嗓子眼往三明治上浇一截可乐，等泡软了往下落落，好腾出地方来咽下一口。

去中餐馆打工的话，一个小时赚6英镑，工作三四个小时，免费吃两顿正经饭，省掉买菜做饭的很多时间，而且还可以晚上去打工，白天到图书馆学习，并没有什么冲突。"嘚，去，当然去试一下！"我立刻把打工想得色香味俱全，有吃有喝有钱赚！

可是没想到，在中餐馆试工第一天，我就累得脚疼，脚脖子都站得快要断开了。想想也是，三四个钟头，以前哪里一下子站过这么久呀！

那个经理大概也是想试一下，看看我到底能不能干得了，让我连续站了 4 个小时。我咬牙切齿地尽全力坚持着。填写简历的时候，经理艾迪看到我写做了 10 年记者，马上就皱起了眉头，很是狐疑的样子，用英语问我："这两个行业差别很大的，你知道服务生是很辛苦的，你觉得，自己能做得到吗？"

当时我就不服气了，心想，我做党台的人民记者都能连着做 10 多年，难道连你个资本主义餐馆的服务生（还是个 part-time job：兼职，按小时计算的工作）都干不了吗？

"我觉得没问题吧？我努力试试呗！"我说的时候，眼睛都懒得看艾迪，只觉得他小瞧了我。

艾迪，是第二代英国华人，父母都是香港人，他出生在英国，只会讲英语和粤语，不会说普通话。

艾迪身材壮实，膀大腰圆，剃着光头，戴着宽边眼镜，不苟言笑，很是严肃。第一眼看上去，有点乱哄哄的闹吧门口那种黑人保安身上透出的煞气，但是其实他人心眼挺好，不忙的时候还喜欢给大家做点有趣的西式小点心啦，煮点珍珠奶茶什么的吃吃。

哎呀，没想到还真的干不了呀！

我站得脚心疼，腿也疼，小腿肚子经常突然间一跳一跳的，就像被谁从后面偷偷使按摩槌敲了一样。我想大概要得静脉曲张了。当时张意蕴还没回国，她在电话里告诉我，要是真得了静脉曲张去医院开刀的话，不知道这类手术是不是免费，要查查。如果自己交钱的话可就惨了，打工赚的那点钱肯定连手术费都不够，干脆别折腾了。

又动刀子，又要交"胖子"，张意蕴的话真是把我吓得够呛。

第二天我故意晚了半小时还没去，也是实在不想去了。艾迪打电话来了，他用客套，不过冷冰冰的英语问我，到底能干不能干，干不了的话，以后就不用去了。

听他那语气，我还又不服气了，马上跑去玉米市场大街上的运动品专卖店，买了一双英格兰球队专用的那个牌子的球鞋，他们踢球训练和比赛时都穿它。我心想，别人能站一天，我站三四个小时脚就疼，我穿专业踢球的球鞋不行吗？我就不信我干不了，不就是一个 300 平方米的资本主义饭馆的小跑堂的吗？还是隔天去一次，一次最多才 3 个钟头。我还真不信了！

果真好多了！还有一个更重要的原因是，饭店的淡季渐渐来临，客人突然越来越少了。因为暑假到了，很多中国学生回中国的家了，来吃饭的人明显少了。我一周只需要工作三到四天，一次只做晚上 6 点到 9 点 3 个小时，再

加上专业球鞋的帮助，就变得相当轻松了。

打工的是学生，吃饭的也是学生。牛津最大的中餐馆最主要的收入来源竟然是讲普通话的中国大陆学生，这真是让我极为惊讶的一大发现。

大陆富二代花起钱来那真的是豪气，从名牌皮夹里抽出来的银行卡动不动就是 VIP（贵宾卡）和金卡，两个学生一起吃一餐饭怎么也要四五十英镑，在中国差不多就是一户普通三口之家一周的伙食费吧。甚至还有些学生跟刘宗宗一样，一段时间里会天天去吃饭，一天两顿甚至一天三顿，上午 11 点来吃早茶，下午 3 点来吃中饭，晚上 8 点再来吃晚饭。

不过我也发现，其实花钱豪气的也不全是败类，当中也有很多高材生呢。我和他们也常常聊天，发现似乎不能简单地用他们是不是花钱大手大脚来评判他们是不是好，因为钱真的不是个单一的评判标准。

有些学生家里就是有钱，很有钱，有很多钱，难道硬要他节俭到他父辈年轻时候的程度吗？不可能的。而且，他们的父母似乎也不在乎儿女们的金钱观，因为钱就是个工具，更重要的其实是，花了钱是否真的有所收获。如果说，一天花将近 1000 块人民币用在吃饭和交通上，但是确实是节约了时间，可以不必跑路，也不必在超市流连，在厨房里耽搁，而是可以把所有精力用在刀刃上，用在学习上，那这 1000 块钱人民币大概花得就不冤枉。只是，有几个中国富二代留学生能真的做到这样呢？不是没有，但是确实寥寥。

据说现时的中国富人们更在意下一代的价值观，不讨论金钱观了，金钱就是个数儿。价值观和金钱观的异同，应当至少可以写出一篇几十万字的论文，但是在现实生活中，哪个人的价值观不是和金钱观捆绑着？

反正我怀疑刘宗宗就没有明确的价值观，或者说，他还基本没有形成价值观，但是他的金钱观可一直都鲜明！"我给我老爸开出的底价儿是每月 2000 镑！"他说的是他父亲每月给他的零花钱，折算过来，是两万多元人民币。

白老师总结，有些学生，从中国到英国，真的只不过是换了个地方吃东西睡觉，继续吃喝玩乐，根本就不是来学习的。有些差不多可以算是大家常说的"留学垃圾"。甚至有更不好的，书念得不咋地，却做出了坏事被抓起来的留学败类也不是没有，但这和贫富真没有必然的关系。

比如我知道的小朱和张立大概就算得上是两个留学垃圾。朱方云倒真不是富人家的孩子，功课一塌糊涂，一样过着油光水滑的阔少生活。他自称女朋友换过一打，而且跟每个睡过觉的女朋友都借过数目不小的钱，那些女朋友回国后，他统统都没有还过她们一分钱。他的理由很冠冕堂皇，听着还蛮讲科学的："既然已经分手了，就不要影响

了人家回国后继续交往男朋友，所以能不联络就不联络了呀。不然一直留着电话，早晚是个祸端！"小朱还讲："能相忘也是一种境界！"

而那个张立，据说家里生意也是大得不得了，他每月日常开销高达5000英镑，当时折合大约六七万元人民币，但是却把生活过得黑白颠倒乱七八糟一塌糊涂，根本没有任何生活品质可言，并且是门门功课都挺糟糕，连续转了3所大学。应该3年读完的课程，他生生拖到了第六个年头，还有几门功课搞不定，一直在申请延期毕业。

我从小是在青岛出生长大，在我接替可可去打工的那家饭店里，有两样事情和青岛的关系紧密，让我备感亲切快乐。一个是这家饭店一直在卖绿色玻璃瓶的330毫升的青岛啤酒。我从菜单上看到，一瓶啤酒卖3.5英镑（按当时的汇率，大约40到45元人民币）。另一个就是后厨的一个师傅涛哥说，"楼下做点心的师傅阿明也是从你们青岛来的"。

这么巧，竟然这么远也能遇到老乡呀？我兴冲冲地去问阿明，谁知道他又说自己不是青岛来的，是从莱阳来的。先前他说起莱阳，其他人不熟悉，他就只好指指旁边的一瓶青岛啤酒，解释说莱阳就是在青岛附近的一个小城。因为大家在店里天天能看到青岛啤酒，对青岛似乎不陌生，听他这样一说，都觉得那他当然算是青岛人了。就像来自牛津附近的小城的人，完全可以说自己是牛津人一样。虽然不是真的青岛老乡，但是不管怎样，都是山东人嘛，我们总算是山东老乡了。他握着我的手，高兴得很，连声说："在这里能遇上老乡，欢喜得厉害，欢喜得厉害。"我也赶紧说："是的，明哥，真欢喜，真欢喜。"在我们的山东方言里，"欢喜"，在这个时候念"欢起"。于是我们俩都"欢起得很"。

后厨7个人，轮流上班，每天5个人工作，7人中有两个香港师傅，其余的全是大陆来的厨师。主厨涛哥很有趣，晚上吃饭的时候，他对香港师傅游伯伯说："我老婆天天和我在网上视频聊天。她不知道英国夏天凉快，总担心天热我上火，嘱咐我多吃点苦瓜、苦菊之类的小凉菜。我告诉她，我们这个工作呢，就是这一点实在是方便得很，苦瓜、苦菊这些，我在单位里是常常吃的，我叫她不要担心我了，只要照顾好自己和女儿就好了……"

"苦瓜、苦菊这些，我在单位里是常常吃的"，听到涛哥说"单位"二字的时候，我正捧着碗在吃饭，忍不住笑起来，笑得不得了，一嘴的白米粒，差点呛到气管里。

涛哥真是有趣，有创意，竟然能把自己打工的这家香港人开的中餐馆叫做"单位"？

我当然懂得，"单位"对涛哥他们五十来岁的那一代中国人的涵义，可不光是一个工作赚钱的地方，它可以包括

生活中最基本的一切：住房、食堂、澡堂、商店、超市、幼儿园、医院、羽毛球场、乒乓球室、图书馆、电影院和运动会，以及一年一次的运动会时发的一套西装、一套运动装和两张鞋票，或许还有每月的 20 斤鸡蛋、两袋子大米，甚至有可能包括，只有"单位"才能给予的某种亲情、友情和归属感。此外有好多人，还从单位得到了爱情和家庭。

我偷偷猜想，涛哥原先在上海一定也是有过"单位"的人。果真，后来他很得意地告诉我："我之前一直在大型国企干的！不是开玩笑的哩！我在'上海老饭店'干的来，干了整整 15 年哩！"他左手握成紧紧的拳头，右手五指张开，表情夸张地重复了好几遍"15 年"，满是自豪。

另一个香港来的师傅"成哥"喜欢开玩笑，他总说："我来到这里工作就是面对一个灶头，回到住的地方就是一个枕头，苦呀！"我问他为什么不回香港，成哥说："回都回不去了，回去干什么？老婆不要我了，我也不要老婆了；儿子不要我了，我也不要儿子了！什么都不要了，什么都没有了，怎么回去？回去做什么？就不要回去了！回也回不去了！"

除此之外，也没有人知道得更多，因为成哥从不细说往事，对谁都不说。

大陆来的配菜师傅阿钟算是年轻一代，比涛哥和成哥小十来岁。阿钟和他太太都在牛津打工，在同一个老板开在同一条叫乔治路的大街上的两家不同名字的中国饭店里工作。一家是我工作的"真中国"，另一家叫"烟寨 opium"。opium 这个词可是"鸦片"的意思呀，这家店的名字真是奇怪，又怪又颓废。要是在注重精神文明的"咱们那儿"，这名字大概很难被允许注册。

阿钟在"真中国"做厨师，他太太在"烟寨"做服务生。这样两人一年下来的收入，据阿钟说，要比他们在东北老家做同样的工作赚的钱高出将近 7 倍。"在英国干一年顶 7 年的，在这里干一天等于回去干一个星期的！"

阿钟说，论工作的强度，相比之下，在这里其实还要轻快一些，首先老板很客气，还会给法定假期，也经常送点心和水果犒劳大家。阿钟的愿望是，赚到足够的钱，有朝一日回东北老家开一家不大不小的餐厅，和太太好好过日子，一辈子有吃有喝就可以了。

不管阿明、成哥、涛哥，还是阿钟，每个人都有一个不一样的故事。高兴的时候或者心情不好想找人聊天的时候，他们就坐到饭店后门外的那条老石板路上，和在隔壁意大利饭店、日本寿司店里打工的意大利厨师、日本伙计们坐在一起。意大利厨师们穿讲究的白色制服，脖子上围着红白双色的格子方巾；日本伙计系着海浪图案的围裙；阿钟他们则是白衣黑裤。和所有中餐馆的厨师一样，他们

夏天穿短袖，胳膊上也依旧套个黑色套袖，因为中国菜煎炒烹炸，不戴套袖容易被滚热的油点子烫着。外表就特色鲜明的中国厨子、意大利师傅、日本伙计，一望便能分辨出来。

一边抽着香烟，几个人互相借火，一边就多多少少说上几句各自的经历。很诡异，我好几次看到他们每个人都在讲着自己的语言，时不时跟对方笑笑，或者做个夸张的表情，但是成哥坚持说他们互相都听得懂。

大概我来这里打工之前，其他人的耳朵已经对他们的故事生了茧子，没有更多兴趣了。但是我来了以后，常常主动问他们，又激发起阿明、成哥、涛哥和阿钟的倾诉欲。不过和15年前偷渡来英国的强哥比起来，他们的故事都不够让人感慨了。

强哥被其他师傅称做"阿强"，他15年前因为做生意亏本欠下一屁股债，走投无路偷渡来了英国。当年他们三十几个偷渡客辗转经过白俄罗斯、奥地利、荷兰、捷克等好多地方，坐飞机、乘火车、换轮船、转卡车，一路颠簸了30来天，终于成功地坐在一辆运猪的大货车里经荷兰过了边卡进入英国。

听他讲述自己的经历，我惊讶得眼珠子都快要弹出来了。强哥说，自己一辈子也忘不了那30多天的艰险生活，一直到现在，晚上一闭眼睛一幕幕还历历在目。当时为了防备蛇头搜走他身上带的零钱，他把10元一张的一共200美元分别藏在两只旅游鞋里，睡觉时把两只鞋的鞋带儿绑在一起，再把鞋压在枕头底下，这样即便有人仅仅拖了其中一只，他也能感觉到。那钱主要是用来和家人打电话联络的。他和老婆早商量好，如果能偷渡成功，他就在英国打工赚钱还债；如果不成功，就让老婆告诉那些讨债的，人已经死掉了，人死债清，她也好带着一儿一女两个年幼的孩子想别的活路。

强哥说，谢天谢地，自己运气还算好的，不仅是成功活着到了英国，在打了几年黑工后，英国移民政策调整，他竟然还拿到了永久居留权和工作资格。他整整工作了5年才把所有的债务还清，其中也包括当年交给蛇头的15万元人民币。还清了债，日子就慢慢轻松起来了。几年前，强哥把儿子也介绍到英国来做厨师，强哥的老伴儿一年后也打算来看他，他们已经整整15年没有见面了！

强哥像在讲述别人的故事一样平淡冷静，嘴角、眼角都略带微笑。我却大呼小叫，欷歔感叹："简直像电影嘛！"强哥用他的福建普通话有点动情地说："辣（那）些电影都是偏（编）出拉粒（来的），我这个是真的！不过我现在也是真后悔，我15年没有和我老婆见面，我们最好的时光都过去了，青春都没有了，我是很后悔的。现在想想，如果当时留下来想点别的办法，可能也会有转机的，这么做，

代价太大！我是真后悔的，对不起老婆和孩子们，也对不起自己！15年没见过，我们最好的那些时候都过去了！现在人都老了！她原来是很漂亮的一个女人，现在我从电脑上看到她，哎，一张脸老得很厉害了！我真是对不起她的！"

打工的第二个星期，员工们吃晚饭的时候，艾迪给我递过来一个装钱的信封，信封上用英文写着 Faye，是艾迪喜欢用的我的英文名字。他不喜欢用拼音的 Fei，因为那个英文里头找不到，对他们而言完全是音译，有点像我们总喜欢把黑先生（Mr. Black）翻译成"布莱克先生"。艾迪自小生在英格兰长在英格兰，听不懂也不会说普通话，对中文完全不灵光，跟所有厨师和服务生交流，只能用英语和广东话。大陆来的师傅和服务生又听不懂广东话，英语也不是特别熟练，于是常常看到他们两张中国人的脸面对面比画着，在讲互相都听不大明白的英文。

艾迪给强哥起的英文名字叫 John（约翰），阿明叫 Moon（月亮），涛哥叫 A Tao（阿涛），阿钟原本就有个英文名字，也叫 John（约翰），成哥叫 Chong（艾迪念成了"忠"或者"崇"）。为了区分强哥和阿钟，艾迪喊阿钟的时候会叫他 Johnny（约翰尼，约翰的昵称；在美国有些地方的口语中 Johnny 也是"男人"的意思），不知为什么听着倒比叫 John（约翰）似乎还亲密几分。

艾迪给我递过来的是我第一周打工的薪水，我顺手把信封放在饭桌上，捏的时候感觉到里面除了纸币好像还有几个一英镑的硬币，大概是分到的客人给的小费吧。

那些小费每天大家从客人饭桌上拿到后，都统一投进一个刚出生的小孩子头那么大的粉红猪陶瓷储钱罐里，钱罐就摆在收款机旁边，每周艾迪会打开粉红钱罐猪猪的肚子取出来分一次。分的时候，他找一只收钱用的黑色长方形仿皮塑料托盘，把两英镑的摆一摞，一英镑的摆一摞，五十便士的摆一摞子，甚至二十便士、十便士、五便士……甚至一便士的小钱也都各码成一摞子，然后再按大家的人数和工作的小时数均分，装进写着不同名字的信封里，尽量均匀。

接着艾迪给坐在饭桌前吃饭的后厨师傅们发薪水。

成哥接过信封后，马上塞进黑色制服裤子的口袋里，能看到他的手指还在裤袋里使劲儿捻那信封，试试有多厚。

涛哥接过信封就放下碗筷，去了后厨灶间，当然是去把钱锁进他自己的小铁柜子里了。

阿明仍然在吃饭，但他一直用左手紧握着那个信封，贴在自己的左腿膝盖上。他的那只膝盖应当也能感觉得到，信封里有几个一英镑或者面值五十便士、二十便士、十便士甚至更小钱儿的硬币。就和我的大拇指和食指刚刚感觉到的一样。

我还看见强哥小心地把它放进了贴身的上衣内口袋里，仔

细按好了口袋的尼龙子母搭扣才重新拿起筷子。

　　只有阿钟和我一样把钱放在了饭桌上，不过他放得离自己的米饭碗很近很近。一会儿吃完饭收了工，他老婆就会从靠近火车站的那家饭店走过来找他，两个人一起走到"真中国"中餐馆背面的女王街城堡车站，去等最晚一班的牛津巴士公司环城5路公交车回家。老婆知道他今天发钱，阿钟不等她问就会主动把钱交给她保管。

　　发钱的这一天，大家都很快乐，饭似乎也都多吃了一点。

　　师傅们的辛苦钱是用来养家糊口的，每月赚到手的2000多英镑，绝大部分都要汇给国内的家里人。我一周去做三到四天兼职，每次三四个小时，每周都可以拿到100英镑左右。发钱的时候我也挺开心，等艾迪发的信封里的钱凑在一起到了500英镑（当时约6000多人民币），我立马就跑到伦敦去买了一只最畅销的那种基本款的LV的背包。虽然我口口声声说自己不追求这些庸俗无谓的东西，但是还是未能免俗买了一个。剩下的英镑我一个人跑去昂贵的意大利饭店里大吃了一顿。最后打着饱嗝，提着装那昂贵包包的满是商标图案的咖啡色购物袋，茶足饭饱、心满意足、兴高采烈地坐车从伦敦回牛津，头一仰，流着口水歪着头，在大巴士车上睡了一路。

　　买包，自己说给自己听的理由竟然是，在伦敦买LV的包比在中国任何一个地方（包括香港）买都便宜，呵呵。

买回来以后，没几天，就第一次背着我的名牌包走在牛津城的高街上，但是似乎也只有我自己常常歪头注意一下自己肩头的这个 LV 包包。仅仅兴奋了几分钟，走着走着兴味就索然了，还猛然想起在国内的时候，有一天外出遇上写字楼的人流高峰，在电梯里遇到了五六个男女都肩背手提着 LV。拿假货的明知是假也不以为然，主动对其他几个笑呵呵地说："嘿嘿，我这个是山寨。"不是山寨的，就赶紧说明购买地来证明。例如："我这个在巴黎买的。""我这个在香港过圣诞节时买回来的。""我这个是好朋友送的，应该是真的吧，谁知道呢……""哦，哦。"大家用这些消磨无聊的电梯时光。

我突然觉得背着这个包行走在牛津高街上的自己大概也有几分无聊，或者说，幼稚？呵呵，甚至可笑？人怎么能把个包当成个大的或者小的，或者哪怕只是个小小的追求呢？它只是你手里的一个容器而已，偏偏人类对各类容器的追求一直是永无止境。

背了几天，我那新鲜劲儿真的是过去了，它终于被我装回布袋子束之高阁。说实话，真不如我的藏蓝色双肩背包实在好用，左边插一把伞，右边搁一个水壶，衣服和水果都可以放进不同的隔层里。

静好的一个法国同学梅奥，是地道的法国人，不过据静好说，梅奥从来不买 LV 这些东西，甚至似乎对它们一

点都不感兴趣。梅奥倒是开玩笑说："现在热衷买欧洲名牌的，除了中东人，就是你们亚洲人了！谁让你们都有钱呢？呵呵！"梅奥曾经有个同学来自中东地区，家里养了300头骆驼，按欧洲价格，一头骆驼能换一辆中高级的奔驰车。所以，梅奥认定了，全世界数中东人最有钱。

　　LV等等玩意儿，对于梅奥来说，也许只是个名字而已。古董一般的名字，或者地名、路名、招牌名而已，它也的确只是个店家的名字，难道不是吗？如今，倒真是梅奥口中的"有钱的"中东人和亚洲人，似乎更津津乐道它的款式、价格，甚至津津乐道于其历史、文化和它身上所承载的所谓"品位"了。据说原来是在日本、韩国，现在是中国，连高中生都热衷用逼真度极高的山寨名牌或者干脆就是真货来武装自己了。为了一只名牌包敢卖艺卖身，恨不能赴汤蹈火……她们只是不知道，那类玩意儿的成本几个钱！说实话，即便是在牛津城里，偶遇肩背手拎LV之类东西的，也多是黄皮肤的亚洲人，而且，更确切点，似乎竟是和我一样的中国人居多呢。而人家法国姑娘梅奥，整日背着个大大的布口袋晃来晃去，那都是大街上、小店里买的便宜货，10英镑三四个。

　　就在首背名包上街的当晚，我偶然从网上看到一个脱口秀节目视频，主持人说，在国内某大城市的LV店里，一位老板样貌的顾客食指直冲服务员背后的一款包说："这个！"服务员转身刚要取下来，只听老板客豪气地把话说完："我是说，除了这个，最上面这一排，其他那三个款式我都要，一样来一个，给我都包起来！"

底下观众哈哈大笑，我也傻呵呵跟着在地球这头的十万八千里外哈哈大笑起来。虽然有点搞笑，但是真值得高兴呀！咱们中国人，如今都有钱到这种程度了！三个包五万六连眼睫毛都不带眨巴一下子的！先不管老板哥买了是送小三还是搞腐败，反正真是有钱了！再说，谁敢肯定人家是送小三或者搞腐败的？也很可能就是给自己妈一个、老婆一个、姐姐一个呗！

这时脱口秀节目中邀请的学者大叔站出来说话了，表情极为严肃地评论说："你这样会破坏了人家洋品牌的文化的！人家卖给你的时候心里头其实还是瞧不起你的！所以中国人买洋名牌要当心点了，不要这么个买法，这是不符合人家文化的……"

我是真不敢苟同这大叔的想法，恨不得也能钻进去视频里和大叔讲讲理。第二天一早，忍不住便和白老师在早餐时间讨论起这个话题来。

我说："人家店家就是卖东西给咱而已，您说，咱们还真以为人家在卖文化吗？大概人家从来就没想过是不是要瞧得起你好不好？人家就是卖东西给你，一门心思在想的也是

你的 money（钱）呀。如果你没 money，试试看，人家倒是连瞧都不瞧你一眼。现在却是你有点 money 了，一下子能买3个手都不抖，肝也不颤，你倒又担心买的多了，人家会瞧不起你，您说这到底算是什么心态嘛。买个东西用得着想这么复杂吗？咱们花了钱还找洋罪受啊？"

闻听此言，白老师第一次在此类"社会人文话题上"（其实完全是"咸吃萝卜淡操心的讨论"）与我迅速达成共识。他说："要我说，钱在咱手里，做主的就应该是咱们！我认为他那专家的说法根本就不可取，还硬往文化层面上靠。我看倒不是有钱的没文化的中国人思考得太少，而是，自觉有点文化的中国人，想得太多了。当然了，买包不是买包子，再有钱也不好一要要一排的。可是买包和买包子说到底难道不一样吗？无非还是我掏钱，你卖货。人家就想多买几个，人家就有这么大的需求，这又有什么不对？难道有所谓'品牌、历史、文化、积淀'，就不再是卖东西买东西了吗？说白了，这和买卖任何东西本质上没有任何区别。所以大家都需要调整一下。你现在能买得起它们了，压根儿不需要这么紧张。老板不必夸张到一下子买上三、四个扛着走，那东西又不是自己长出来的需要多少时日的生长周期，库房里肯定有的是。而学者一类的人士，其实也不必在公共媒体传播什么咱买人家的东西多买了几个就是破坏了人家的文化，有必要吗？咱好不容易有几个钱了，花钱还花得这么累，整日思考和讨论起收你钱的人的感受如何，那咱中国人真算得上全世界最 thoughtful（想得周到的、考虑细致的）了。太苦了点儿吧！不光赚钱赚得辛苦，花钱花得更辛苦！"

当然白老师也认同："只是，不能因为你是付钱的，就咧着嗓子嚷嚷。"他慢条斯理地跟正在餐厅里的几个人说："消费过程当然也讲文化含量的。喷着唾沫星子大声嚎气地买东西，不管花多花少，不管买什么，都没什么文化含量。我觉得这还真是最基本的。"但是我们几个人都在忙着塞嘴巴，填肚子，根本没一个人有空应和。我见状赶紧捧了个场儿，连说："对对对。"

最后，和很多次聊天一样，白老师做了总结性发言："我认为，在很多其他事情上也一样，我们的毛病也许不在于钱多了，或者是钱多了并且没文化，而是，太急了！"对这个总结，我们纷纷回答："是的，是的。"

也不知道从什么时候开始，凡是有主题的聊天，必须要等白老师作个总结性发言，才能结束，不然我们都不会端着杯子起身回房间。听他说完了，大家一般还都得表个态："是，还真是这样。""白老师说得一点都没错！""您说得太对了！"……白老师的太太何老师撞见好几次，捂着嘴调侃："他以为这个海德里道 28 号的餐厅，是他们科研所的会议室呢。"

张树碑：牛津，我来也！

我和白老师、李若诗还有陈先生合租的小房子在海德里道 28 号，临时房客换来换去，里面的故事也越来越多。

一天傍晚，我刚从马斯汀路拐到海德里道上，就远远地看见房东陈盛世先生正从他刚换的二手宝马车后备箱里往外拖一只大号的黑色旅行箱。

"要外出吗，陈先生？"走近了，我问他。

"不是的，是有个张老师从云南来，来这里短住 3 个月。我正好这三个月要去剑桥，他就住我这里。忘记和你商量了，不知道你介意不介意？"天气挺凉，但陈先生只穿一件薄棉外套，里面搭配一件深蓝色和红色相间的方格厚棉布衬衫。因为拖箱子要甩开膀子，他干脆把外套也脱下来，搭在旧宝马车的后备箱上。

"哦，没关系的，您安排就好！他人已经到了吗？"

"我刚去巴士总站接到他，他现在人已经在房子里了，大概正在楼上我房间里。一二——"陈先生提口气一使劲，把大箱子拽上了马路牙子，然后沿着至少45度角的坡道往院子里拖。

海德里道真是一条奇怪的道路，这条路自己就是一个南北大坡，但和马路两侧的房子比，海德里道马路地势又低很陡，两边的房子地势高。

无聊的时候，我和白老师曾猜测，或许这条路也是国内常见的那种开山造路，但是每次仔细观察它的地貌，又感觉开山造路建成这样就太奇怪了，这条路还是很好地保留了原先的地貌。于是我们猜想，大概海德里道本来就是像山谷一样的地带，道路和房子都是后来因地制宜建造的。我们还曾经问过住在隔壁26号的老太太，但显然她对我们热衷的话题毫无兴趣，不过老太太热心而认真地出主意，让我们去问问牛津市政厅的工作人员，了解个究竟，还递给我一个市政厅的咨询电话号码。这老太太的做法是好多英国人的典型风格，特别认真，即便对待他自己丝毫不感兴趣也完全不懂的事情，也会给你出主意，帮你找到对的地方或者人去问个究竟。无论你有多么滑稽和貌似无意义的问题等待答案，他们都不会对你说："要知道这个干什么？""这有什么好问的？"或者"管它是怎么回事儿呢！"

这里的门牌号是路这一侧全部单号，路另一侧全部双号。挨我们最近的就是海德里道26号的房子，它和我们租

住的小房子其实是个联拼的结构。

　　街对面一位老先生喊住在我们隔壁 26 号的老太太"Rose"（人名：萝丝；意译为：玫瑰），我想"Rose"大概是个昵称。Rose 看上去已经七八十岁了，我可从来没敢当面问过她的年龄，因为真的是，他们即便七老八十了也不喜欢人家问她（他）多大了，尤其是女的。每回听到对面住的老头儿深情款款地拖着长音儿喊她"Rose"，一块儿拖着四轮小车买菜去，我都忍不住想，这么老还被这么叫着，怪有趣的。好像一个中国女子叫"小娟"、"小桃"、"小红"，或者也叫"玫瑰"，能被甜腻腻地叫一辈子，实在也是很受用的一件事情。若叫"小宝"，那不管男女，到老得掉了牙，也还是别人嘴里喊的"小宝"，自己大概也会多宝贝自己几分。可见名字对我们的心情而言有多重要！

　　萝丝老太太对我们这些留学生和房客一直不热情，但是我依旧挺喜欢她。她像我没来英国之前，读阿加莎·克里斯蒂小说想象出的她笔下的马普尔小姐，人很老了，脸都干皱干皱而且惨白了，但是依然仔仔细细化着淡妆，还穿绣着花园（不是几个花朵，而几乎是整座花园）图案的珍珠扣圆领苏格兰羊绒衫和直筒羊毛裙，上衣和裙子还是淡粉色与咔叽色的雅致色调搭配。

　　老萝丝出门时永远要挎着小提包，冬天黑色的，夏天奶白色，艳丽丝巾和银子嵌着珍珠的胸花也是必不可少的。天冷的时候我还见她穿着奶白色的及膝羊绒大衣，灰白和花白相间的头发上再戴上一顶同样奶白色的贝雷帽，挎着个小黑皮包蹒跚着朝马斯汀路和海德里道交叉路口斜对面的超市走去。其实只是去买两个洋葱头回来做一张比萨饼吃，但是打扮得却和星期天要去教堂一样整齐。

有一个周日上午，她穿戴得光光鲜鲜去教堂，在路上和我不期而遇，我们一起走了 5 分钟。

一路上老萝丝跟我发牢骚说，她最不喜欢的就是邻居家里频繁换房客，因为我们家和她家房子是联拼结构紧挨着，光是房客们哐当哐当顺着楼梯往下搬箱子，再"一二三"地协作着往上抬箱子，还有吆吆喝喝、咯吱咯吱换家具的位置所制造出来的那些动静，就够她这老太太难受的了。另外，每个新房客来了都要倒几天时差，搬进来的第二天一早，保准是在三四点钟就会爬起来给家人打国际长途。萝丝年龄大了，睡眠质量不好，我们住的老房子隔音又差，她经常被听不懂的中文吵醒了就再也无法入眠，一整天眉心都疼。我听了不好意思，连声说"对不起，打扰到您了"。老太太对我笑："不是在说你们不好，只要是有房客来来往往，就容易这样！但是房客们要是能注意一些，也是可以避免的！"

但是没有办法，房客总是新的来，旧的走。中国房客

又太实在，一搬进来就真当成自己家了，炒虾酱、吃火锅、做沸腾鱼、炸咸鱼干、剁肉馅包饺子、使高筋面粉擀挂面，从不嫌麻烦，就是绝对不可能几块三明治打发了一顿饭。此外还要听相声、打麻将，高兴起来跟着网上的视频唱京剧。有的人，原先在国内根本不看电视的，来了却天天上网放大了音量看《新闻联播》，从来不戴耳机，说是声音大些可以解思乡之苦。总之，好些人不但不会约束自己什么，反而是彻底解放了行为，只要不违法，想要干什么就干什么，哪里会有半点儿顾忌？

就在陈先生帮新房客往家里拖箱子的时候，新搬来的室友张树碑已经在陈先生二楼的房间里了。他正满怀好奇和兴奋地往窗户外面张望，观察着周围的环境。陈先生住在二楼朝东北方向的房间，从这扇窗户能一览无余地望到外面的马路，但是看不到我们草木葱茏的后院。

这是张树碑第一次出国，他先从昆明去了香港，小住 3 天后才由香港来英国。虽然从香港到伦敦连飞了十一二个小时，但是疲惫依然没能压住他内心的兴奋。在国内做了十几年英语教师，教过中学，也教过大学，还一直孜孜不倦地在语言学校兼职教学多年，张树碑认识不下 30 个外国朋友，但是真正踏出国门，这还是第一次，而且，这一次，要在这个想过无数次的地方生活半年，180 个日日夜夜，4320 个小时，259200 分钟呀！他相信人生原本就是一段段的旅途，不要说能在自己渴望的地方生活这么久，哪怕驻足一小会儿，都是莫大的快乐！

张树碑真的很兴奋，甚至亢奋，他看看卫生间，看看厨房，再看看陈先生给他放在床头柜上的法国矿泉水，上面写着，这水来自阿尔卑斯山山顶雪峰水源地！张老师眼前顿时开阔，仿佛马上能看到那洁白耀眼的雪峰上的水正在一滴一滴往下落呢！能看见不远处的山腰还有人正在弓背滑雪……还有，放在写字桌上的英文租房合同，待会儿自己是要在上面郑重签上一个英文名字 Shubei Zhang 呢，当然名字前面一定要加上 Dr. 头衔的，这是人家英国人的习惯。他知道自己真的已经是"人在牛津"了。他胸中有个声音在一遍一遍大声喊：Oxford，I am coming！Oxford，I am coming！（牛津，我来也！牛津，我来也！）

张老师先和室友们寒暄了几句算是见了面。每位新人来，我们都准备点实用的小礼物。我送给他两张牛津地图，一张大图，一张小图，大的比较全，但是小的比较实用，主要集中在海德里道周边，几乎每家超市，每个公园、花园，每片森林、草地，甚至每条自行车道，还有每间教堂、学校、图书馆和饭店，上面都应有尽有，详尽地作了图文标注。

一边看着小地图，张老师一边问我："附近有英国酒吧没有？"

我告诉他说："有的，旁边不远，大概走路5分钟就有一家。景色很美，在桥边。能看到河面、船和天鹅，傍晚时分最好看，有橘红色的彩霞。"

"是地道的英国酒吧吗？"张树碑很认真地问我。

"咱们房东陈先生说那是香港人开的，他认识酒吧老板，不过应该是地道的英国酒吧，是纯粹的英国房子和英国风格，只是被香港人买下了而已！您想去喝酒吗？"

"是呀，当然要去的，酒吧文化是英国文化的一部分呀！你们难道不知道吗？一定要去见识一下的，明天我就去！今晚太累了，去不了！"

"您真好玩！呵呵。"我们这幢房子里来过那么多访问学者，像张老师这样喜欢英国酒吧，来了第一天就打听的还是第一位。大多数都是先弄明白怎么去超市买吃的，然后搞清楚去城中心的路哪一条最近，之后就是怎么上网买便宜车票去伦敦，没见过张老师这样一来了就猛找酒吧的。

"我嘛，就是来体验英国文化的，要把在中国看不到的那些都看看，都感受一下！"张老师仍在聊着他渴望见识的英国酒吧，眼睛里闪着光。

"哦，我天天上学放学都从那家酒吧路过，不过看上去，和中国的酒吧好像没有什么两样，不就是坐在里面喝酒聊天吗？全世界哪个酒吧不是这样呢？只不过他们是说英语而已！唉，别说，张老师，还倒真是有一点不一样，他们喜欢在酒吧里面，喝着酒一起看足球！"我对他说。

"我就说嘛，酒吧可是英国文化的一部分呀，酒吧里面看足球，当然不一样的。不要小看了酒吧，我一定要亲身去体验一下的！As soon as possible（能多快就多快）！"张老师眼睛又闪起光。

张树碑个子不高，打眼一看最多也就一米六零。不知道是他当老师养成的职业习惯，还是我的个子比他高让他感到不舒服，他和我说话的时候，总是下意识地上下晃动身体。上下晃，怎么个晃法儿呢？晃得厉害的时候其实就是踮起脚尖讲话，然后再放下脚后跟，然后在某个音节上，再缓缓踮起脚尖，又会在某个音节上毫无觉察地再次慢慢放下脚后跟儿……

这样，我就对他的身高产生了模糊不定的印象，一会很高，一会又矮下来。也或许是因为他太兴奋了，用这种方式传递着自己的快乐情绪。他抱着胳膊上下摇晃几分钟之后，就势把双手扶到胯上又转起腰来，频率和刚才晃身高一样，不快也不慢，有点健身的感觉。我想他大概飞机坐久了，肌肉的疲劳感还没有完全缓过来。

第二天一早，不知道是时差的原因，还是张老师有早起的习惯，6点半刚过，他就开始在卫生间里洗澡了。我去卫生间打不开门，贴耳一听，张树碑正在里面哼小曲，似乎是《刘三姐》：这边唱来那边和，山歌好比春江水……

我赶紧把脖子缩进睡衣里，跑到楼下去用楼梯下面因地制宜建起的狭窄无比、站不直身的小卫生间。英国冬天用冬令时，早晨天亮得很晚，我们都是至少8点多将近9点才起床。去过卫生间又钻回被窝，好舒服，足足又睡了两小时。我这天起床还算早呢，8点35分，一出房间门，就听见张树碑和白老师在楼下厨房里聊天。

"我来了就是要体验英国式的生活。吃，要吃英国饭，就算难吃也要吃的；喝，要喝英国茶、英国酒；还有，生活习惯也要英国化。总之，我就是要把这前后一共6个月时间过得像英国人一模一样的！呵呵，今天我已经开始了，早晨起来洗个澡，have a shower（洗个淋浴），呵呵，人嘛，一生不就是体验吗？不过今天早晨耽误你们洗脸上厕所了，我洗澡的时候好几个人来敲门，真是不好意思，明天我注意一下，一定早早出来。"这是张树碑的声音。

"您这适应能力还真可以，British（大不列颠的）这一套我是真不习惯的。我还是天天想吃中国饭，你看，还是这玉米糊糊好喝，牛奶、酸奶也都喝的，但总觉得还是这糊糊香。中午我在实验室的餐厅吃饭，那是实在没有办法，只能吃些沙拉、牛排和三明治什么的，对我来说真是难吃，难以下咽。所以晚上我一定要回来自己炒几个菜吃吃的，呵呵，大概你对西餐还可以，你本来也是教英文的嘛，那当然是门洋学问。再说你们都年轻，适应能力强，楼上姑娘也是什么都能吃，三明治、比萨、意大利面的，凉的热的都行，不过我看她早晨也喜欢跟着我们喝点棒子面粥。"这是白老师的声音。

一听这话我就猜到白老师又在做他拿手的掺上了一点玉米碴子的玉米面糊糊，我的舌头、肚肠和心里都悄悄高兴起来：又可以喝点棒子面糊糊了。再就着点小榨菜，一个煮鸡蛋或者茶叶蛋，一片黑麦面包烤一烤抹上层黄油，一小杯浓浓的英国热奶茶，中西合璧的早餐，人生实在太美好了。

这时张树碑端着一大杯冒热气和苦味的浓咖啡，推门从餐厅出来，和正从楼上往下走的我打了个招呼。张树碑嘴里说的全都是英文词："Hi! Morning!"（嗨，早上好）

我也和他"Morning"了一下，心里却猜想他大概也就是刚开始这几天有这样的一股子 Morning！（嗨，早上好）和天天"吃英国 coffee（咖啡）"的热情吧。

吃英国饭，喝英国咖啡和英国茶，过英国人的酒吧夜生活，你以为舒服呀？英国饭到底有多难吃，番茄酱、肉末酱、水煮青豆、胡萝卜，再来点培根腌肉，这就是我们能找到的美食了！大概不出一个礼拜您就举双手投降喽！再一个，英国人的生活方式是什么生活方式呢？都是早晨洗澡，晚上泡酒吧，午后一定有时间有心情享受下午茶吗？

至少我看到的，英国人可没一个"固定的活法儿"。我

们亲爱的张树碑张老师大概也是被电影和文学作品们误导了，总以为这英格兰洋人都是一大清早洗澡，洒上香水出门，浑身喷香，一天精神抖擞。其实呢，好几天不洗澡的人有的是。人都一样，有时勤快有时懒，有时嫌凉有时热，想洗就洗，不想洗就不洗。大街上四处闲逛不知道要干什么的和头发如大片棉花糖一样纠缠在一起，躺在路拐角讨钱的，也常常能撞见。睡到 10 点半还不起床的人和早上 5 点半就起来爬山的英国人其实也有的是。

不过那些校园里看到的英国老师和同学倒是天天换外衣，换下的衣服是不是马上洗咱不知道，但是给观众的感觉是"我每天穿一件不同的衣服"。好多人尤其是懒人，在某个季节就是这样从周一循环到周五，下周再这样从周一循环到周五，再下周还是这样周一循环到周五，每天穿的不同，但是周几和周几的搭配永远一样，也和换制服似的。比如我的那几个同学，还有静好说她的英国同学，几乎都这样。我甚至在一家商店里看到，精明的商家把内裤都分成了 Monday（周一）到 Sunday（周日）。Monday（星期一）是紫色小碎花图案白底色；Tuesday（星期二）是黑色小圆点白底色；Wednesday（星期三）是七彩虹彩条图案的；Thursday（星期四）是黄色小星星灰底色；Friday（星期五）是黑底色镂空小花；Sarturday（星期六）是粉红底色蓝色热气球图案；而 Sunday（星期天），猜得到吗？一条通红的丁字裤，那巴掌大点的整装布料上，还印了3个倒着写的金色"福"字，可惜"福"字写错了，左边的示字边多出一个点，成了褚字的衣字旁。我哈哈哈地大笑出声来了，实在是忍不住了。这是哪门子设计师呀？简直在糟蹋中国的本命年文化嘛，再说了，干吗每个星期天都要勒上这么一条通红的丁字裤衩呢？周末最后再骚动一下子，周一咋办呢？

再说陈先生，他要去剑桥亲戚家住3个月，走之前，他把一些需要和大房东交接的事情，例如交煤气水电费之类的，都委托给了张树碑老师。张树碑是大学英文教师，人刚来到这里，有和当地人交往的澎湃热情，再加上他刚开始访问交流，还没有确定下要紧的研究项目，主要就是观摩和游览，所以陈先生很放心地把这些事情都交给他。可意料之外的是，他的热情，超乎了所有人的想象。

几天后，陈先生走的第一个周末，张树碑就召集大家开会。张树碑很郑重地告诉每个室友："陈先生租下大房东（奥兹，巴基斯坦人，在牛津当地是出租车司机）的整栋房子，一个月房租才1100英镑，而他再转租给我们呢，现在是5个人，加起来的房费，竟然有1650英镑，也就是说，他一倒手就赚下了550英镑！这一个月就赚了我们几个人将近6000元的人民币呀！一年的话，那可就是七八万了啊。我说亲爱的，来自祖国各地，五湖四海，有缘跑半个

地球来相聚的同胞们啊，四五栋房子，各位手机上都有计算器，你给他算算，他这是要赚我们多少钱呀他！简直就是资本家嘛！"

停了一下看看大家反应，张树碑接着说："哪里有剥削有压迫，哪里就有反抗！"言罢他抱着胳膊又开始转腰。

白老师低着头推推眼镜，说他和他太太是知道大概情况的。人家陈先生一不是搞慈善，二不是组织上派来的勤务员。我也说，陈先生转租房子肯定是要赚钱的呀，不然他为什么要跑前跑后地做这行呢？至于他赚多少，大家倒是真不知道，这个恐怕算是他的商业秘密吧。李若诗也是知道陈先生从中有收益的，他也觉得没有什么可惊讶的，不明白张树碑的反应为什么这么强烈。并且，大家都觉得张树碑计算出的利润大概太多了，"他赚是肯定会赚点钱的，不过不会这么多吧？再说，他赚的不也还是几个辛苦钱嘛！"

张树碑一见大家这种反应，又说："你们太单纯了！辛苦钱，不是那么简单的！现在人家房东，真正的房东，想和我们每个人分别签合同，也就是说，大家每个人的房租，都会降低，平均会下降至少100英镑，大家愿不愿意？思考3分钟，每个人都必须发表意见！"

"能便宜当然好了，但是我们都是和陈先生签了合同的呀！"不到半分钟就有人开口了。

"我们和他签合同在先，之后我们才知道还有其他大房东的呀！"又有人说。

"再说大家都是中国人，这样合适吗？"这是不止一个人的声音。

大家继续你一言我一语。有人还说："讲良心话陈先生这人也不坏，还常常顺路开车带大家出门！你再换个房东，万一人不好相处怎么办？还不如多花几个钱买个舒坦呢！"

"可是他的合同是根本就不受英国法律保护的！"张树碑振振有词地说。

"为什么？难道他是按照咱们中国法律来拟的合同不成？"白老师这样一问，其他人也开始好奇了。

"哎哎，各位各位，听我说，因为，每栋房子，他都是用这样的办法，就是自己先住一个月两个月，然后找借口搬走，把所有房间都租出去。而他和真正的房东签合同的时候，写得清清楚楚是租了来给自己和太太住的，最多就是再找几个朋友或者家人合住！现在他这种明目张胆往外出租的做法，明显是欺骗大房东甚至是欺诈牟利的行为呀！"

"哦……那我们的合法权益会不会不受保护？"大家开始关心更重要的问题了。

"这还用问？当然不受任何法律保护了！大房东奥兹已经说了，如果陈先生确实是这样做的，那就是欺诈，我们

都不是合法房客，要把我们都赶出去！按奥兹说的，他前一秒让你走，恐怕我们后一秒就要收拾行李，一分钟都不能耽误，拎着箱子就得滚蛋！没人管你是无家可归还是露宿街头！"张树碑神情严肃地说。

"真的？"大家心下一惊，毕竟谁也没有真的用心研读过英国律法，又偏巧我们当中一个学法律专业的都没有，对英国法律而言，不敢说完全法盲，也差不多了。只知道随身带好了护照，人来了以后7天之内去警察局注册，签证到期别忘了去续，平常不要无事生非，当然是不敢做那等杀人放火、偷东西耍流氓之类放在哪里都不端的勾当；另外，当学生的别旷课，做访问学者的别无故不去参加会议和学术讨论。别的呢，了解得真不多。完了！大家都着急，个别人，比如我，胆量小，手心脚心都急得要出汗了。

"知道我是怎么发现当中有问题的吗？"张树碑卖个关子，等大家再次集中注意力了，他接着说道："陈先生嘱咐我一定不要对奥兹说出我自己是这里的房客，要说就说是他的表弟，还答应每个月要少收我20英镑的房租。我当时就多留了一个心眼儿，为什么我明明就是房客却不能说自己是房客呢？他叫我说什么我就说什么吗？我自己不长脑袋的呀？我为什么要撒谎？这可是在英国，高度法治国家，能随便撒谎吗？自己讲出的话那都是要承担责任的呀！我当然要弄个清楚，他到底为什么要让我撒谎。没想到这一问，还真不简单！而且，据我所知，陈盛世现在少说手里也有四五栋房子，都是这样常年往外出租的，而且每栋房子他都以这样的方式找了个'楼长'！每个月他少要楼长20英镑的房租算是好处费。如果我去联合起其他三四个楼长来，陈先生恐怕要吃官司的！而且他是要吃不了兜着走的！"

"哎哎哎，树碑、树碑，虚长了你几岁，容我在这里压你一句言，不必不必，完全没有这个必要，没有这个必要的，千万别把事情搞成那样，毕竟大家也没有什么敌我矛盾。"白老师马上止住了张树碑，不让他继续说下去。

"出门在外，多一事不如少一事，我们在这里住得好好的，从来也没出什么问题，水电煤气一切运转正常，安全无忧，卫生值日，生活有秩，要说他的租金，和别人比起来也真不算贵，甚至比有些地方还便宜。就等于他批发了再零售给我们嘛，其实，这样想想也没有什么的。再说了，我们都没有时间和精力去弄这些的，姑娘和若诗要上课，没日没夜地写论文，我和我太太也要忙自己的事情，陈先生他跑前跑后赚点钱也是辛苦钱，我想也是应该的呀，你们说呢？"

"嗯。"我听了心里平静下来，李若诗也在赶紧点头。白老师的太太何老师耸耸肩没说话，大概意思就是"你们看着办，我反正随大流"。

张树碑一见说服不了大家，马上深入分析："但是大家要知道，现在的形势是，奥兹马上要去告陈先生了！已经不是我们这边不声张就没事了，而是，人家真正的房东要和他认真了！这也不怪我，我只是对奥兹讲了实话而已，奥兹生气了，决定要和陈先生终止合同，因为陈先生以转租房子来牟取暴利，实际上早已经违约了！"

"什么？奥兹要打官司呀？"他这样一说，大家又紧张起来。

"那我们到底该怎么办好？"我问了一句。

"两条路，一是和奥兹签约；另外一条路就是大家一起搬出去，找个别的房子住，也就是我们自己找个新房东，合租一栋房子，分摊房租，这样还是可以省不少钱！"张树碑说出了自己的主意，眼神很是兴奋和坚定，终于成功挑起大家心底的担忧，也仿佛即将开创一番新天地，他不无得意。

"那多麻烦呀？"

"找房子可不是那么容易的！"

"这里离我那个校区很方便的！"

"我这里的合约还有3个月就到期了，我还搬家做什么呀！"

大家开始七嘴八舌地讨论起来，其实每个人都在思考自己最关心的问题。

　　"好好好，反正你们要快点拿出个主意！不要让奥兹和陈先生矛盾升级后把我们当成非法房客赶出去，那我们就成了牺牲品了！你们想想不奇怪吗？陈先生如果只是像他自己说的是去亲戚家小住，为什么他屋子里的东西全部都收拾得整整齐齐干干净净？"

　　听张树碑说完这些话，大家面面相觑，还真有点不知道该怎么办好了。

张树碑：这可是法治国家

英国地方不大人也少，一共才6000万左右的人口。牛津城大约也只有十五六万人，有来自世界各个国家的各种肤色的人们生活在这里，而大部分本地人都住在市中心以外的地方和乡村里。

像陈先生这样的专业中国二房东，在牛津不止十个八个，光我见过面的就有4个。这些年来，中国人越来越有钱，中国留学生越来越多，访问学者也越来越多，政府派来的各类留学和交流访问人员的数量也不断增加，还有很多家长陪着孩子来牛津游学短住抑或干脆定居长住，所有这些人的住房需求都给了中国二房东越来越大的市场空间。

其实，在牛津，至少一半以上的房客都是从二房东那里租到房子的。做二房东也不是中国人的专利，除了中国二房东，还有西班牙二房东、印度二房东、巴基斯坦二房东、罗马尼亚二房东等，反正都是些愿意忙活的民族。

英国人做二房东的就几乎没有遇到，因为二房东的确是个操心费力的活儿，即使赚钱多他们也不愿意受这份累。

二房东们给留学生解决了很多实际困难，比如我们很多人就是在网上查到陈先生的出租广告的，然后打电话找到他，再见面签合同，从学校的宿舍搬出来，换到海德里道的这栋房子里来的。

有的学校规定，第二学期开始，学校就不再无条件提供宿舍了，学生必须自己出去找地方住，除非，你是个残疾人。原因是学校的宿舍供不应求，无法满足所有学生从入校第一天开始一直住到念完所有课程。再者，自己外出租房住，"有助于增强个人的社会交往和实践能力，可加深个人对英国现实社会的了解"（此言出自某学校后勤部门的告示）。

而第一学期在学校住宿舍也并不免费，房租是一个月500多英镑（所有水电煤气等开支账单全包）。可是如果不住学校，能租到陈先生转租的房子，只需要花费300多英镑就能租到一个小房间，再平摊一些水电煤气的费用，一个月最多也不会超过360英镑。当然大房间，像白老师和他太太住的那种就贵些，要四五百英镑，而我租的小房间全部算起来也只有360镑。这样，和以前比，我每月手里还多出来140英镑的零花钱呢。

如果不租二房东的房子，我也不可能单独去租当地人

的一整栋房子来住。租整栋房子需要找好几个人一起合租，合租住久了往往是矛盾重重，纠纷不断。首先，你几乎不可能找到一个和自己同一天开始租房，又和你在同一天结束租期的人。其次，交给房东的押金往往是 2000 英镑（最少一个月或者两个月的整栋房子的租金，1000 到 2000 英镑大约 1.2 万元到 2.4 元万民币之间），这对我们这些留学生来说，风险太大。万一和房东闹了纠纷，这个押金就很难全部拿回来，要是因为一点小事闹上了法庭，更是没完没了。

曾经就有台湾同学，因为租住的房子厕所地板塌陷，被房东告到法院，要扣他们的全部押金。他们几个人在英国多留了 10 个月，准备各种文件、证据，等待开庭，一直没法离开，最后也还是赔了 1/3 的押金才算了事。

"耽误多少事呀？10 个月连小孩都生出来了。"白老师听说这事后，无比感慨。"别管中国还是英国，无论在哪里，打官司都不是好事，不到万不得已，千万别打官司！这是真理！一旦打起官司，就跟我们老家人说的'撂起块石头打天'，你根本不知道什么时候才能有个结果！"

的确，万一出现这种麻烦，不得了，费财费力，没完没了。我们每天都要写作业，赶论文，去图书馆查资料，找老师和同学做讨论，还要上课，要自己考虑买菜做饭，弄一日三餐填肚子，怎么可能有时间和精力搞这些？所以找个陈先生这样的二房东，只要他不是太苛刻，其实还是省心省力的。

而张树碑的算法则是从他自己的某个角度考虑的，他认定了陈先生就是个二道贩子，投机倒把赚了他的血汗钱。张树碑每个月可以从政府拿到700多英镑的外派访问津贴，如果陈先生肯少赚他100英镑，他就可以多出100英镑用来体验英国生活呀，比如，多去几次酒吧，多去几次伦敦，多尝尝意大利餐厅的饭菜，多打几个国际长途，攒上两个月还能到其他欧洲国家转转，至少去趟巴黎是绰绰有余……谁叫人家英镑抗花呢，算算，这100来镑还真能干不少的事儿。

可是话又说回来，张树碑也是从网上查到的陈先生出租房子的信息，大家都是中国人，用中文交流，也相互信任，省了他很多麻烦。一个在中国云南，一个在英国牛津，隔着十万八千里，房子就在邮箱里你来我往地搞定了。陈先生还给他提供了很多有关在牛津生活的实用的信息，比如如何从伦敦希思罗机场坐车到牛津，比如牛津当地近来天气如何，穿些什么衣服合适，还需要带几件什么衣服，以及海德里道28号这座房子距离他经常要去的几个地方有多远，周边的交通路线，如何外出购物，等等。

正是因为这个房子位置合适，房租与它附近的房子在网上晒出的价格相比还略低些，张树碑才很快抢下它，在

电子邮件里和陈先生敲定了要租这个房间，并且用网上银行账户预付了一个月房租作为定金。

如果真是要正正规规地通过当地房屋出租中介，或者是排队申请学校某个校区的宿舍，那张树碑不知道要受多少罪，经历多少麻烦，花费多少时间才能找到一个落脚的地方呢。即便找到了也不一定满意。可是通过陈先生就不一样了，陈先生不仅亲自到车站去接他，还帮他搬行李，甚至提前在家里准备了热面条，并且嘱咐其他房客都给刚来的人一点关心和方便，这也是这临时的家里的习惯。我给他准备了两份实用的最新地图，白老师专门炖了鸡汤等新来的室友，李若诗送给张树碑一个漂亮的手绘英格兰古堡花园图案的马克杯。看看，这多温馨呀！

但是张树碑像是铁了心要在这个"法治"国家里维护一把自己的"权利"。他专门跑到牛津市政厅去查了相关规定，又张罗着找大房东奥兹来家里和其他人开会。一旦张树碑和奥兹他们认真搞起来，陈先生倒真的有些理亏了。

奥兹一头天生的小卷发，小得大概只有平均尺寸的中国女人的小拇指勾起来那么大，专门烫都烫不了那么均匀。奥兹比黑人白，比黄种人黑，大胖脸，大肉腮，大鼻子，除了嘴巴又薄又小巧，再就是眼睛小得不合乎比例。这样的一张脸上，外面罩着一大圈深咖啡色的小卷发，小眼睛上又架上一副斯文无比的金丝边眼镜，跟人打招呼的时候至少脸上的表情绅士得不得了，这就是奥兹给我的印象：仿佛一个 3D 动画片里的绵羊，喝热朱古力的时候不小心埋进去了整个脑袋，抬起头，变成了浅巧克力色的脸和深巧克力色的头发。

第一次来"开会"，他就带着 3 个朋友，都是在当地开出租车的，长得人高马大，满脸横肉，一个比一个壮。我放学回家一看到饭厅里坐着 4 条大汉，心里先吓了一大跳，一问才知原来是讨论换租房协议的。我就一声不响悄悄回到楼上自己房间了，白老师也不想和奥兹交流。李若诗黑白颠倒地做论文，除了吃饭和上厕所，连房间都不出，当时正在屋子里睡大觉。过了一个多小时，下楼喝水的时候，我悄悄走到厨房，侧身一看，餐厅里张树碑正在和奥兹认真地讨论什么，还在本子上记了些东西。我隐约看到，有的地方还使彩色荧光笔画了圈，大概属于重点商量的内容。

张树碑的多次咨询和投诉都得到了牛津市政厅住房管理和服务部门工作人员的热情接待与鼓励，也正因此，他回来后满怀信心，坚决主张我们全体房客与陈先生反目，与奥兹一伙儿去打官司。

白老师、何老师、李若诗和我商量了一下，还是决定先站在陈先生一边。因为陈先生只是钻了点小空子，并没有违反法律。白老师也打听了他实验室里的各国同事和朋友，了解到这种二房东在英国事实上是存在了很多年的，

尤其是在牛津这种大学城里，根本不是什么值得大惊小怪的事情，也谈不上违法乱纪。市政厅和法院之所以一次又一次礼貌地接待张树碑他们，完全就是个工作流程。

"这就和我们国内有些地方依然会给市民甩冷脸子和翻白眼儿一样，就是个工作态度和习惯而已。并不能因为人家热情接待你，耐心听你说事儿就以为自己的理大过天了；同样的，在国内即便人家给你翻了白眼儿，甩了冷脸子，你也不能自暴自弃心灰意冷呀，一定要学会自己判断，有理就是有理，没有理就是没有理。"白老师喜欢辩证地谈问题，并且自己承认：哪怕就是扯皮呢，也喜欢用这种方式扯。

陈先生去了剑桥后，一直也没给我们打电话，白老师给他打电话他又不接听。无奈，白老师给他发了一封电子邮件，简单说了说事情的来龙去脉，让他"抽空回一次牛津，最好单独去和奥兹见一面，把事情处理了，好让大家安心学习和工作，不然小卷发的奥兹带着那几个将近一米九高的印巴大汉隔三差五到家里来晃悠，姑娘和若诗都不敢下楼喝水了。"但是陈先生两天后才看到邮件回了封信，可是就在这两天时间里，张树碑和奥兹接触得越来越深入，已经联手将诉状送到法院了。

陈先生得知消息慌忙从剑桥赶回来。正是傍晚，他掏出钥匙开门，却怎么也打不开房子的大门。他蹲下，起身，站起来，又蹲下，又起身，平视着看锁眼是不是堵住了，又仰头朝上观察锁眼，双手把住钥匙，左拧拧，右转转……可是折腾来折腾去还是打不开房门。

这时，我正好背着书包放学回来，从马斯汀路和海德里道交会的拐角转过来，看到陈先生一直在忙活，我赶紧快步走近了，对他说："别开了，陈先生，他们把锁给换了！我们每个人都配了一把新的大门钥匙！"

陈先生 1：生逢盛世

陈先生叫陈盛世，他多年来在英国一直靠转租房子赚钱。虽然说起来似乎有点不像正经生意，但是人家也没有违法乱纪，英国政府都不管的，大多房东和房客与他的合作也都实现了宾主尽欢。

这次，显然是房客和大房东合伙捉弄折腾他，而且房客还是自己千里迢迢从中国来的同胞，并且只是个 3 个月的短租房客（张树碑只在这里住 3 个月，然后回国一个月，再回来交流 3 个月），更重要的是，似乎正是这位短租的同胞房客主动为之，有着强烈愿望要和大房东联手搞他。这是陈先生二房东职业生涯里从来没有遇到的，也是他始料未及的，他确实有点被伤害了。

他大概正愤愤地在心里说着"真是太过分了"，一边依旧蹲在门前用钥匙试探着那只被换了的锁，没有意识到自己已经喃喃地连着说了三遍："我真是引狼入室，引狼入

室，引狼入室！"我赶紧递给他一把新的钥匙，陈先生马上接过去，一点都没有客气，像是要解一下气似的，柔滑地扭动钥匙迅速把门打开了。

进门后，他像什么都没有发生一样，先到厨房从冰箱里取出一罐可乐扑哧一声打开喝起来，然后往楼上自己的房间走去。还好，张树碑不在家，不过陈先生的个人物品都被码得整整齐齐放到储藏间里了。

陈先生当场几乎要咆哮了："他张树碑这是要干什么？为什么把我的东西都动了？他这是侵犯人权！我就算不是真正的房主，也至少是这里合法的房客，他凭什么动我的东西！"

这一嗓子把白老师和他们几个人也都惊动了，知道陈先生终于从剑桥回来了。大家从各自房间里出来，赶紧劝陈先生不要生气。

李若诗对陈先生说："那东西您别喊，那不是你走之前大家帮你收拾的嘛？因为你的房间暂时让张老师住，您忘记了吗？不过当时您的东西确实都是放在屋里的，后来张老师说还是帮帮忙都放到储藏室，因为您好久都不回来，而且，大多数东西当时都装箱了，很好搬，我和白老师还帮忙搬了……"

陈先生不做声了，他大概也是气糊涂了。可不是吗，

那东西是他自己去剑桥之前收拾装箱的，后来大家帮他搬到储藏间的。

"别着急别着急，千万别上火……"白老师大概是为次日的小演讲或者是课题汇报什么的作准备，竟然换了一件黑色中式麻衫，头发梳得一丝不苟，浑身上下透着东方儒雅学者范儿，不温不火，招呼大家到餐厅坐下，用他太太刚刚在牛津市中心的宽街小店里买回来的红白双色大圆点图案的英国茶壶冲上一壶中国带来的绿茶。

他一边在手里忙着用白色的电水壶烧热水，然后洗茶，冲茶，给大家倒水喝，一边轻声地劝慰着陈先生："人嘛，想法不一样的，千差万别，不能强求大家都是一样的思路。首先你别着急，其次我还是主张沟通。今天下午张老师回来以后，咱们所有的人一起聊一下这个事儿，开个小会。大家都是中国人，就按中国人的思路来解决这件事，说白了不就是咱们几个的事吗？不要奥兹他们那些外国人掺和进来……"

白老师在人家地盘上说"不要他们那些外国人掺和进来"，实在怪好玩儿的，但是我们几个（可真都是这里的外国人）倒一点儿都没有觉得他这话有什么问题，异口同声地使劲儿点头应着。

可是张树碑不合作，他坚持要在这个法治国家维护自己的合法权益。之后，真的闹上了法庭。

陈先生和他太太成了被告，因为陈先生在和奥兹签的合同上明白写着：租房目的是供自己和太太居住，另外几个空房间他可以介绍朋友亲人借住。但并没有写清楚他可以转租，不过也没有写清楚他不可以转租。（我当时就想：如果按照英国人问卷和学校导师发的写论文的规矩，没有写上这一条，大概有空子可钻！）

不管怎样，确切说，白老师、我、若诗和陈先生夫妇全部被迫卷入了这场官司，隔几天就被通知去一趟市政厅或者是法院。不过陈先生夫妇请教了他们在英国交往多年的华人律师朋友，最后还是成功将奥兹拿下了。

最关键的原因据说是，陈先生和奥兹的合约仍然有效，他依旧是合法的房客，他从来没有拖欠过一分钱房租，虽然他转租房间给其他人，可是白老师他们也都表示是陈先生的朋友，自愿合住在一起，自愿付费；但是，奥兹他们却在没有通知陈先生的情况下私自换锁，直接侵犯了陈先生作为房客的合法权益；同时，很重要的一点，就是合同里当时并没有明确写上他能不能转租；果真和我猜想的一样。

不过官司胜利的代价也是挺大的，昂贵的律师费和时间成本等等先不说，陈先生和太太的结婚戒指在这场闹哄哄的官司中也搞得不见了，不知什么时候弄丢了。陈先生不确定被谁拿走了，但是他说可以确定的是，原先戒指装

在盒子里，盒子放在他的房间里，他自己收拾好之后，把东西全部装箱放在角落里，又蒙上厚布，但是回来后，自己的东西被张树碑搬到储藏间里了，他后来再搬回自己房间的时候才发现装结婚戒指的深红色仿鳄鱼皮的首饰盒竟然不翼而飞了。

陈先生这样一说，大家都不知道该怎样安慰他，因为所有人都动手帮张老师搬东西了，谁都该有嫌疑。但是，陈先生一直在强调：是张树碑主张把他的私人物品挪地方，导致他和太太的结婚戒指不见了。

陈太太说那个戒指买的时候1000多英镑，那个时候英镑和人民币的汇率还1：16呢，这就是1.6万元人民币。付出如此代价，陈先生这边官司总算是打赢了，可没想到住在陈先生另外一栋出租房的3个牛大的化学博士又准备联手去告他。据陈先生猜测，十有八九是张树碑临回国以前上门去挑唆的。博士们想告他，还是同样的原因，说陈先生不是真正的房东，房客利益得不到保护。

白老师听说后，催陈先生赶紧去沟通。白老师说："赶紧去，看看他们到底想怎样，是要减房租呢还是想毁约？我猜这些学生不是真的要打官司，因为他们根本没有这个时间成本的。你越早和他们沟通越好，不然既费时又费力！张树碑这个事儿不就是个经验教训嘛！"

的确和白老师猜测得一样，博士们其实是想提前终止和陈先生的租房合同。他们 3 个人在马路对面又发现了一处空房子，房东是当地人，整栋房子的房租一个月不到 1000 英镑，995 镑。他们一合计，3 个人合伙租下这整栋房子都比各付各的钱租陈先生的房子划算。更何况，这一栋房子里有 4 个卧室，也就是说，他们 3 个人还可以在房子外墙上拉横幅、到学校图书馆贴纸条、在免费网站上挂帖子，想尽各种办法打广告再转租出去一个房间，赚回 300 英镑。那样岂不是更合算了！但是唯一的问题是，他们和陈先生的租房合同到 8 月份才到期，现在才刚刚 3 月份，还有 5 个月的时间。

至于张树碑在中间到底起没起到挑唆作用，不得而知，但是学法律、打官司一直贯穿于张树碑在英国的访问生活中。他甚至专门到宽街的布莱克·威尔书店买了一本大部头的法律书放在床头柜上，走的时候因为实在太沉了没法带走，在餐厅里放了两个星期，陈先生看到实在没有人要，就悄悄搬回自己房间了。

经过斡旋，那 3 个博士并没有去法庭状告陈先生，只是提前解除了租房合同。陈先生也没有扣下他们一分钱的押金，甚至还开着自己的二手旧宝马忙里忙外地帮他们搬箱子，运他们自己添置的一些小家具。

不知道是不是大家常说的此消彼长你软他就硬的道理，因为陈先生的退让，那 3 个博士反而觉得自己占了上风，

有天又一起上门来索要他们每人少住一周应该退回的 80 英镑，三人加起来 240 英镑，折合人民币大约 2880 元钱。

恰好那天白老师在家，他给博士们开的门。许久没有给学生们上课了，一下子看到这好几个中国青年学生站在面前，白老师的职业素养瞬间迸发出来，委婉地批评博士们没有商业精神："你们跟人家签过合同了，大家经过协商又同意终止了合同。原本你们是应该付给陈先生违约金的，也就是那 300 来镑的押金是要被扣下的。现在陈先生并没有扣你们一分钱，你们却还要再让他退还每人 80 英镑。请问，谁能跟我解释一下，这其中是什么道理？"

其中一个口齿伶俐的博士说："因为下周是这个月的最后一周，我们月初交的这个月房租，就是说已经把这一周的钱提前交给他了，但是现在我们 3 个人都已经搬出来了，并没有住到下周，所以他应该退给我们呀！"

白老师说："现在是你们要提前搬出来的，不是他赶走你们的，你们是完全可以住到下周才搬出去的，对不对？"

博士说："但是我们那边新搞定的房子是这一周就开始交租金了，反正不管那么多了，我们可不能交了两份房钱却只睡了一张床，总之我们没有住他的房子，他就要退钱回来！我们又不是富二代，没有闲钱这么做的！"

白老师说："这根本不是贫富的事儿，和是不是富二代也没关系，我倒是建议你们，还是好好琢磨一下再说。"

陈先生见道理讲不清楚了，上前去止住白老师，闷闷地开了口，直接了当地对博士们说："什么都别说了，这80英镑我是肯定不会退的，不然你们就搬回来再住一周好了。换了是你们做房东，你们也不会答应退钱的。我已经够好商量的了，哪有签了合同说解约就解约的？你们可以到处问问，这种情况哪个房东会不扣押金？"

博士们恼怒起来，三言两语地说起了难听的话："不要以为我们不知道，张老师都告诉我们了，你根本就不是真的房东！你自己搞的这些事情本身就不合法，还敢扣押金？！"

"你转租给我们完全就是为了赚钱！赶紧退钱，不然我们去法院告你！"

"陈盛世你还无法无天了呀！别忘了这可是法治国家！你以为这是在中国呀，找找人打点打点就算了，你以为在这里你想怎样就怎样？"

"趁我们刚来这里人生地不熟不了解情况，让我们签这种合同，赚穷学生的钱，还有良心吗你？"

越说越难听了，更麻烦的是，博士们眼看就要一点点站到道德制高点上了……

果真是张树碑，陈先生气得脸都变白了。

白老师又调和说："这样，你们看噢，不管陈先生是不是真的房主，但是首先他是和房主签了约的，又是和你们

签了合同的，而且没有出现任何问题，也没有要提前解你们的约。现在是你们想提前解除合同，他本身就有不小的损失，但是他也同意了。那么，你们也为他想想，就是不能说便宜你们全部赚到，但是麻烦却全部是他一个人承担，更况且，大家毕竟都是中国人……"

白老师不说"中国人"还好，一听"中国人"3个字，博士们激动得要蹦起来："还中国人呢！中国人就不应该赚中国人的钱！"

"中国人有这么黑心对同胞的吗？"

"这哪里是中国人干的事儿？他比资本家还资本家！"

"如果真拿中国人当自己同胞兄弟，他能这样吗？下得了手吗？"

……

陈先生实在听不下去了，脸上倒还是挤出一点笑来。这些年来他一直谨慎地遵循着"和气生财"的谋生原则，即便心里生气，脸上也总是挂着微笑，像个招牌。他用粗大的手掌推开白老师，上前理论："好好好，那我想说，第一，我的房租和其他房东比起来并不贵，甚至还便宜一些，也就是说我并没有昧着良心坑你们的钱；第二，如果这个事情是发生在英国房东和你们之间，签了合同又要解约，那你们每人放在我这里的 300 多镑的押金百分之百是要被扣掉的；至于说你们现在还想要回这 80 英镑，更是连门儿都没有！你们想想是不是？不管英国房东，还是印巴房东，还是西班牙房东，还是香港房东，或者，其他的什么什么人做房东，我敢肯定，他们百分之百是要扣你们的押金的！"陈先生就一个人，哪能嚷嚷过他们好几个，所以他刻意用低一点的声调压住他们几个高昂激动的情绪。

"我看这样，第一，大家都不要太为难对方。第二，你们也别说我是在为陈先生讲话。首先，我们要解决一个核心问题，为什么其他人能做二房东赚钱，陈先生是中国人做二房东就不能赚钱了呢？你跟他签了合同，他为你做了事情，搞了服务，随叫随到，保质保量，你也认可，为什么你觉得他就不能赚你的钱呢？"白老师问刚才说话的博士。

"他这样不厚道，房子一转手就赚了我们穷学生的钱！"另一个博士马上回答。他刻意突出"穷学生"3个字，显然要继续抢占道德高地。

"那我问你，换了是个英国人，你觉得他赚你们的钱就是应该的吗？就厚道了吗？谁来回答我这个问题？"白老师依然不温不火不着急。

大概这个问题不太容易迅速找到答案，也许还因为要赶回去上课、做实验，怕挨了导师的骂，失了日常表现的分，博士们匆匆走了。临走时还大声甩了门扬长而去，当中没有一个说"再见"或者"拜拜"，更别提"谢谢"之类

的话了。走出很远了，其中一个博士回头大喝了几声"shit
（脏话，屎、他妈的等意）"，隐约看到还有一个学电影里的
洋流氓，独伸出中指在头顶恣意放荡地摇晃，其他几个自
然是跟着大笑起哄，乐不可支。

白老师气得够呛，推开窗户想看看到底是哪一个胆敢
如此放肆无赖，从背后却也分辨不出确切是谁说的"shit"，
是哪一个伸出的中指。这些博士才不管白老师的面子呢，
他们都现实得很，每人 80 英镑没讨回来，骂几句出出气总
可以吧？反正在这英格兰做的毕业论文也不是白老师给他
们打分数。虽然白老师在中国是享受国务院津贴的学者，
那也管不着他们几个。

陈先生安慰白老师："算了，白老师，没喊 Fuck（脏
话，他妈的、操等意）就不错了，别管他们了，还是些孩
子，太年轻了!"

白老师半个身体还愤怒地探出在窗户外面，看着他们
的背影直摇头："就算年轻，也都是成年人了呀！还都是
博士，牛大的博士！我不光是气他们骂人，我是替他们担
心呀，竟然一点契约精神也没有！契约精神就是商业精神，
你没有契约精神就没有规则，这些孩子是真的不懂道理还
是装糊涂？我是真替他们害怕！等他们搞完了学业回去，
可都是中流砥柱呀，如果还是这样稀里糊涂，那以后不堪
设想，有他们吃苦的时候！光 got（搞到）一肚子所谓的

updated（与时俱进）的知识是不行的呀！没有契约精神一定是要吃大亏的！早晚要吃亏呀！"

陈先生听了这番感慨，倒突然"嘿嘿嘿"笑开了，在一旁笑白老师："呵呵，您就是学问太多，想得太复杂了，我看他们无非是冲着那80英镑来的。他们就是来闹一闹试试，如果能要回那80英镑算赚的，要不回去也就算了。您说的那些道理他们能不知道？他们比谁都明白！不然能念到博士吗？有的还拿着政府给的全额奖学金，一个月1200镑呢！这么高的奖学金，难道能给傻子吗？"

白老师摇头说："你可别说，咱们国内学校里真是不教这个的，契约精神也好，商业精神也罢，考试也不考，好些事儿找人托关系也能搞定，要不就是'能哭的孩子有奶吃！'他们到底是不是真懂契约精神，那还真不好说哩！"

陈先生2："干嘛要去洗脚房谈生意？"

陈先生其实是个学习能力挺强，适应能力很强，改进能力特别强的人。自从发生了张老师打官司和博士们闹解约的事情后，他每次签合同都会主动明白地告诉对方，自己是个二房东，如果有疑虑就不要租了。

听白老师说了那几个化学博士没有"契约精神"后，我开始明白为什么好多租过陈先生房子的中国学生背后总匿名在网络上发帖子偷偷讲陈先生的坏话。也许真的是因为我们整体缺乏关于"契约精神"的培养和教育，而整体性地理所当然地缺乏着点"契约精神"。

我问过其他几个大陆学生，巧的是，他们都觉得陈先生帮他们是应该的，大家都是中国人嘛，但是陈先生赚了他们的钱就是不应该的了。

可是正如白老师说的："他给你服务了，双方签合同了，也就是有共识和约定了，在这个前提下他合理地赚你钱难道不是再正常不过的吗？"白老师还说了："如果是你爹跟你签了合同，你该付多少钱也要付的呀，付完了他再还给你，或者他就是不要，那是他的事情，但是你该付，这是天经地义的，因为你们之间有契约的呀！"

如果换了陈先生是个英国人，大概也没有人会觉得他赚钱不对，但是偏偏陈先生是个"自己人"，所以他们就感觉不舒服了。

按白老师的说法，我们缺乏契约精神，就容易把事情混在一起；如果有了契约精神，就会更单纯一点看问题。比如说，你和他签了约，那么你们就是这个契约上的关系，不管他是哪国人，你们互相要对对方负责的事情都明明白白写在纸上，大家不必也不用总觉得互相都是"自己人"。但是缺乏"契约精神"，你就做不到这点，你们的关系就会变得无章可循，也会复杂一些，而你的心态就会或多或少地出问题。

陈先生则说："白老师说得太复杂了。我觉得他们无非是没赚着点便宜就觉得自己吃亏了，这才是关键！和外国人做事情他们当然没地方赚人家半点便宜，但是从我这个中国人手里租房子，就一定要赚回点便宜去，内心才平衡！没赚着便宜当然就是吃亏了！咱们好些个中国人还是钱少，穷惯了，只要有机会总想沾便宜！"

陈先生的太太是个生物化学博士后，当时正在剑桥与

牛津两地进行一个合作项目。陈太太满腔热情，浑身是劲，一直希望有机会回国创业，但是陈先生总是极力反对。

陈先生说自己宁肯生活在一个简单一点、古板一点、安静一点，甚至老一点的地方，国内"太热闹，太新，太多变化了"，他"很怕"。我问他怕什么？他说回国的时候听说现在谈生意都是要先吃饭，再喝茶打麻将，然后去"足浴"或者"洗浴"中心。他说自己40岁出头的人了，一不会喝酒，二不会吸烟，不会打牌，也不会打麻将。这要是一样样从头开始学，他到50岁也适应不了。另外，自从来了英国，他洗脚从来不单独洗，都是洗澡的时候洗，他也搞不懂现在的人为什么还要专门到洗脚和洗澡的地方谈生意。

"那他们的办公室是用来干什么的呢？"他一脑门子困惑，问我。

我想了想，说："办公呀！当然是办公了！"

他听后想了想，又问我："那还去洗脚的地方谈什么？"

我又想了想，回答说："我猜测，大概是那种情况下比较放松，更容易交流吧。"

陈先生说："大家是用脑子和嘴巴谈生意呀，又不是用脚在沟通！都放松得想睡觉了，还怎么谈？再说，洗完了走一路回家，难道还要再洗一遍吗？"

"人家都坐车的，不必走路！"我回答。

"那他穿回原先的袜子，脚又搞脏了呀！"他倒一定要把我说服。

"人家洗脚的地方每个人搞完了脚，都发一双新袜子的！尽管那些袜子质量不好！"我只好给他普及足浴中心的常识。

"那我还是接受不了跑到洗脚的地方谈生意的！毕竟搓脚不是什么优雅的事儿！"陈先生皱起眉，面无表情地摇头。

我让他不要那么认真了，也不是所有人都一边洗脚一边谈生意，个人爱好而已。他仍在一旁皱着眉摇头叹气。

陈先生当然害怕了，因为陈太太早就说了，如果回去创业，要任命陈先生做总经理或者副总经理，她当然是董事长喽。有朝一日做大做强，还要上市融资呢！

8年前陈先生和太太刚来到英国，为了生计，陈先生给人修鞋、修自行车、剃头发，倒卖方便面、香烟，在中餐馆后厨打下手、清垃圾，甚至跟伦敦唐人街的一个老人学过修脚和挖鸡眼，还从中国贩卖过菜刀和生铁锅。不久前国内闹牛奶风波，他又开始代购欧洲奶粉，常年帮人买高档化妆品、时装和皮鞋……凡是自己能想到的和能做到的，他几乎都试过了。而在国内的时候，陈先生可是每天都坐在办公室里的文职人员呢，专门负责整个企业的新闻宣传工作。虽然他们那个企业不算太大，退休的和在职的

加起来也有 500 多人。

　　逐渐做上二房东这一行，已经有六七年时间了。手里同时往外出租四五栋房子，陈先生每月收入不低于 2500 英镑。英镑兑换人民币汇率 1 比 15、16 的时候，那是 3 万多元，将近 4 万元人民币呢。先不说和他以前在企业里一起坐办公室的同事们比，是人家收入的七八倍，这 2500 英镑也是高于普通英国人的平均收入的。放弃了这么好的收入，跑回去做什么不靠谱的"总经理"，还要从喝酒、打麻将、边洗脚边谈生意一点点学起，他根本就不感兴趣。最主要的是，他也不看好自己太太的创业计划："说得好听点，她就是个理想主义者，说得难听点，她就是不见棺材不落泪的那种人！再说我们就差一年多点儿，就能拿到英国的永居身份了！"

　　不知道是个性使然，还是生活环境变化的结果，陈先生是一个非常"宅"的男人。他给太太洗衣服，煲汤做饭，管理着向外出租的几处房子，按时收房租，乐在其中。我常常从自己房间的窗户看他哼着歌在院子里浇花、晾衣服、修自行车。他的二手宝马车也是他自己收拾。院子里有一个专门的工具屋，一屋子全是他用来修车的专用物品和常见配件。陈先生很享受这种衣食无忧、不攀不比的平静生活。在这绿色葱茏的古老英格兰一隅，空气清新，有吃有喝，有宝马开，真的是现世安稳、人生静好、无欲无求、天高地阔。

陈太太却不这样想，她倒是和很多男人的想法一样，热血沸腾，觉得这代人算是赶上了中国最好的时候，不回去投身发展大潮，更待何时。再加上每次回国，都会有一些热心的企业家朋友前后拥簇着她。牛大博士后的光环在国内是可以熠熠生辉的，但是在牛津，和她一样的来自各个国家的学者和科学家比比皆是。她总说："我在这里一辈子都是英国人眼中的少数民族。他们虽然不说，但是我也感受得到。我们进入他们的主流很难很难的。在大学里我这辈子退休前能做到个副教授都不容易，但是回国不一样，我可以有很多机会！先不管成功不成功，至少我可以有机会去 Try（试一试，闯一闯）！"

在英国大学里做到副教授和教授的确很不容易，不仅是要有真才实学，还要论资排辈，慢慢熬，所以很多老师退休的时候还是高级讲师。但是他们的薪酬体系比较合理，据说工作多年的讲师不见得比刚当上教授的人收入低。静好的导师哈瑞写了 20 多本书，在学界赫赫有名，还依然只是个副教授。听说他要获得资格评教授，要等人文学院另一个老教授退休了甚至辞世了才可以有名额。这和我们中国人评职称要慢慢排着队等，还真有那么几分相像呢。

结婚戒指弄丢了以后，陈太太更是主张陈先生放弃做二房东这一行，赶紧随她回中国轰轰烈烈创业。陈先生依

旧态度鲜明地反对。吵过几次架以后，他们终于互相妥协。陈先生同意陈太太回去尝试一年，如果还不错，他也回去；如果和想的完全不同，陈太太就必须回牛津来，继续过他们平淡无奇的"少数民族生活"。

尽管陈先生只有小县城中专文凭，但是他和大多数男人一样掌着家庭大方向的舵盘。他坚信，牛津大学生物化学博士后的陈太太一定会回来，回他和她的牛津。"反正她要闯我也让她去闯了，不然她总要说我没有给她机会去Try（试一试，闯一闯）一下。等 Try 过了，撞破头了，她就知道厉害了……"

陈先生没有想到的是，几番艰辛周折后，陈太太还真的 Try 出大名堂来了。这是后话。

陈先生、陈太太、白老师、何老师、李若诗、张意蕴和郭静好，还有我在内的这拨儿人，大概真算是赶上了一个前所未有的时代，至少发展速度快得前所未有，离奇的消息多得前所未有。不过，对任何人来说，他们所拥有的时代都是前所未有的，不管好与不好。不是吗？

陈太太 1：果香扑鼻，李甜樱

陈太太外柔内刚，骨子里其实说一不二。

她皮肤细细嫩嫩，虽然戴着银色的细边眼镜，但是一双眼睛和眉毛都是典型的国画仕女图里的细细长长，能随时吸引别人注意到她所特有的东方女人的明眸美态，尤其是在她微笑或者大笑起来的时候。陈太太说话细声细语，不能算吴侬软语，却比吴侬软语更加温柔浪漫。她的家乡在与台湾只有一道海峡之隔的福建一带。

8 年前，陈太太当时二十八九岁，在一个天气怡人的初秋，她毅然放弃了广州一家生产药品的外资公司年薪 15 万元人民币的挽留，怀揣一张录取通知书和对理想的一腔热情，跑到牛津大学读起了生物化学的博士。

陈先生也申请到了陪读签证。陈太太在英国读多久，他就可以待多久，并且多次往返，来去自由。

听说陈盛世要去英国了，陈先生的同事们，特别是平

常似乎并不是关系太近的那些同事们都跑来道贺。道贺的方式却是很特别，没有一个"好"字，但都充满真情实意。

他们说："不得了，以后人家阿盛可是外国人了，见一面就不容易喽……"

还说："小陈儿，等你去了那花花世界，有脱衣舞，又有红灯区，你可别穿上花衬衣，打上花领带，花花了肠子，花花了眼，以后再也不认识我们了哦，哈哈！"

有人说："去了给我们寄些照片来呀，让我们都见识见识，哈哈！"

和他平日里最相好的几个老同事说："你这边家里要是有什么我们能帮上的，就尽管写信或者打电话过来！有急事的话，叫家里人直接过来找我们就行，千万别不好意思啊！别的也帮不上！""阿盛你什么时候回来的话，一定要告诉我们一声的哦，一起出去喝几杯！"

说实话，陈先生工作的那家企业不是什么大企业，同事们见的世面不太多。越是这样的人群，对外国的印象就越是洋房别墅、沙滩比基尼。他们几乎不把利比亚、伊拉克、阿富汗、埃塞俄比亚等外国归在通常说的"外国"里。他们善良、单纯、朴素，一开口说外国常常是"人家外国几十年前就淘汰……了，人家外国根本就不用这个……的"。其实他们常挂在嘴边的外国，永远都是人均 GDP 排在世界前十位的外国。而和他们比，在这一点上，陈先生似乎要成熟很多，他头脑清醒，知道无论是去哪里，不管是到处金发碧眼的"外国"，还是待在处处美食的广州，首先要解决的都是吃饭问题。

那时同事口里的"阿盛"和"小陈儿"，后来我遇到的"陈先生"一生坚信：人是铁，饭是钢，吃不饱饭，什么都干不了。而要想吃饱吃好，在广州要有"毛爷爷"（人民币），在牛津就只能使"胖子"（英镑的复数形式 pounds，音：胖子）了。

出发去英国前，他先跟楼下认识的一个剃头师傅学了 3 天手艺。花 85 块钱买了那人一套已经用了三、四年的简易剃头工具，算是交了学费。陈先生把这套工具重新磨过后，仔细地擦拭了放在行李箱最里面，然后一层一层盖上不同季节的衣服。

在衣服的最里面，陈先生又小心仔细地藏了一大盒 100 只装的避孕套，他刚从厂里计生科领的。计生科王科长逗他："你连这都要带着？去了使人家的洋玩意儿多好？"

陈先生其实是怕花钱，十几倍差别的物价呀，要是一英镑一个的话，就是 100 "胖子"，当时英镑贵，那可就是 1600 来块人民币呀！多大一笔钱呀！为了省钱，说不准他跟老婆亲热的次数都要算计了，但是他嘴上说："嘿嘿，洋鬼子人高马大的，咱尺寸能和人家一样?!"

王科长马上批评他："哎，小陈，你可不要人还没到那

西方世界，就已经开始自我贬低、自惭形秽、妄自菲薄了，绝不能长了他人的威风，短了自己的志气。早有科学研究和数据的，这个尺寸和身高没有任何关系的！不信你去了亲自看一看，和他们比一比！事实胜于雄辩！"

"是是是，我不讲科学……"陈先生赶紧应着。他掰着手指头算过，正常情况下他和太太一两周才有一回，再说女的还有一个星期左右的生理周期，去掉逢两个人吵架一个月谁也不理谁等等这些经常发生的"特殊情况"，这100个足够他（她）们俩用两三年的。类似这样的事情，从来不需要太太提醒，陈先生都能想得很周到，做得很细致。

他本想再沾点社会主义的便宜，嬉皮笑脸地跟王科长多要上一盒带去，又担心会超了保质期，早晚还是要扔掉，怪浪费的。而事实证明陈先生的判断没错。这带去的一大盒100个，3年后还剩下了将近一半，点点数，42个。

饮食男女，食色性也，人在不同的时候看这些字，会有不一样的感受。陈先生的感受是：说得一点都没错，"饮食"肯定还是要放在"男女"的前面，"食"当然排在"色"的前面，因为活着首先还是要搞定嘴巴和肚皮。一个得忙着赚所有能赚到的钱，另一个在实验室里一站就是3个小时，陈先生和太太哪里会有太多富裕时间、心情，甚至是力气，频繁地捣鼓"食"后面的那档子事儿呢，真的力不从心。

为了能减少一些刚到英国的消费，他给太太和自己在国内新买了足够用两年的不同季节的各种内衣、外衣。光外贸店里的内裤就拎走了 3 打，棉袜子一口气儿买了 38 双，其中两双李甜樱很喜欢的彩条图案高支棉袜子还是他消费多店老板不要钱白送给他的。

"别客气了，你买得多，我不算钱搭给你的！有空再来哦。在你的朋友里也帮我做做广告，我这里的袜子、内裤，都是外贸正品尾单，一点毛病没有的，价格可只有标签价格的 1/5！这么好的质量，这么便宜的价格，你在大商场里见都见不到的！你知道商场里那些东西，光商场的场租就先占了价钱的一半，你买东西的钱其实都给他们搞装修用了！而且越贵的商场场租越多！哪有我这里实惠……"老板和陈先生已经很熟络了，当季的新衣到货，老板会直接发短信通知陈先生赶紧来选。东西都是从外贸工厂熟人那里批发来的，东西是好东西，就是号码不全。若不早些来，待被人挑过一两轮后，肯定只剩下××××L 的和×××S 的了。

××××L 的 T 恤衫能装下两个陈先生还富裕出三条胳膊的空间。那种××××L 的胖子，陈先生也是到了英国之后才发现，呵，街头上还真不少。可原先在外贸店里看到这种衣服，他总疑惑并忍不住地偷偷笑：这么大给谁穿呀？

　　陈先生提前和陈太太在网上认识的一位留学生的陪读太太电话交流过，了解了一些当地的情况。陈盛世是做好了充分的思想准备的，知道这一去，在那陌生的地方不是旅行几天而是要生活上好几年，肯定是要吃些苦头的。

　　除了衣服，陈先生还置办了一小木箱挂面和豆腐乳、榨菜、木耳、干蘑菇、辣酱、花生豆之类的东西，随他们飞去伦敦的时候一起托运过去了。这一小箱子吃的，后来，陈先生将其中一半左右的食物转手卖给了一家泰国人开的东方食品店。没想到一算账，竟然赚到了两箱子东西的钱，顿时给他打开了赚钱的新思路。

　　后来，他会给每个说好了要租他房子，并且即将从中国出发的房客都发一封统一模式的电子邮件，订购一些不同品种的小食品，委托他们帮忙带到牛津。

　　这些房客一般都会高高兴兴帮他带到。好多刚到英国的人直接就送给陈先生了，因为觉得实在不好意思开口要钱，再说，也不值多少钱。20包豆干，10瓶豆腐乳的，权当送给陈先生的见面礼了。不过陈先生很讲原则，他一定会按照对方买的价格的一倍半付钱。如果对方就是不肯要，他也一定会给对方差不多价值的能用得上的物品，比如一辆二手自行车、一个二手打印机、一些电源转换插头、打印纸、订书机、文具之类的必备用品互相抵了。陈先生说："两不相欠，互相心安。"

陈先生还会嘱咐每个房客，从中国出发的时候，在国内免税店里，出示登机牌买一两条香烟随身带着，人到牛津后，用香烟直接抵在当月房租里。房客买的时候大约110 元人民币一条，陈先生一般会给算作 20 英镑，也就是两倍的价格。陈先生能出两倍价格收购，当然是因为他可以按照 3 倍的价格卖出去。

不知是学习压力大还是别的什么原因，留学生吸烟的特别多。无论男女，不管来自哪个国家，看上去斯斯文文的男女学生，其实是老烟民的。其他中国房客里不管是访问学者还是打工一族，吸烟的也多。但是英国的烟草税很高，香烟奇贵，仅是一盒 20 根装的香烟一般都要人民币八九十元钱，10 根装的小盒香烟也要四、五英镑，合人民币大约五六十元钱。

陈先生当然不是大张旗鼓地到处倒卖"走私"香烟，他只是等那些住在他房子里的留学生或者是访问学者或者是其他打工的房客们主动问他的时候，他才给他们带去。30 到 35 英镑一条香烟卖给房客，房客感觉非常划算，物美价廉。而且，从来没有出现过假冒伪劣或者过期泡水等任何问题。陈先生的买卖，向来诚实守信、简单可靠。

总之，陈先生把向外出租的小房子做成了很好的生意平台。有时候新来的房客进了屋便把香烟和泡椒凤爪、香辣豆干之类的小食品交给陈先生，陈先生塞进了随身带的

双肩背包里，双方算过账后他转身进了同一栋房子的其他房间收房租，赶巧儿就有房客要买烟。陈先生马上从双肩背包里往外一掏，等于是一转身，东西过一下手，钱就赚到了。

陈先生还上门给同胞们理发，自己的房客 5 英镑一个头，不是自己的房客 6 英镑一个头。而在牛津市中心的理发店里，男士理一次头发至少要 12 英镑，还要排队或者预约，理得也不见得好过陈先生的手艺。毕竟洋鬼子不如中国人手巧，对东方人的审美观也和我们两样。就这样靠着"物美价廉"，口碑相传，找陈先生理发的人越来越多，还有一些印度人、巴基斯坦人、日本人、韩国人也找他理发。生意好的时候，他一个月能理 80 多个头，就又多收入四五百英镑，合六七千元人民币。陈先生开玩笑："我敢说在牛津，我没摸过的中国人的头大概没几个！我是说男的头哦，女的我可只给甜樱弄过。呵呵。"

看着容易吧，可其实还是人家陈先生勤快聪明，肯动脑子肯出力。他付出的是辛苦，但是收入真是不低，至少一直比他的博士后太太收入要高。陈太太自从做上博士后才开始有了稳定的进项，叫"学术补贴"，每个月按时从老板（她自己的导师兼科研项目负责人）那里支取，不过才只有 800 英镑。

自从每月都有这 800 英镑后，陈太太才敢敞开口地喝她特别喜欢的一种挺贵的热带水果果汁。以前她买的时候都挑两英镑3个的那些促销装。有了这每月800英镑之后，她就只喝3英镑一个的贵果汁了。

"反正嘛，我既不吸烟也不喝酒，就是喜欢这个果汁的味儿，每次喝了都感觉是躺在夏威夷的沙滩上晒太阳，这个果汁能给我带来这样的通感！"

陈太太为自己买贵果汁找理由，因为陈先生不理解她，总说这个3英镑的和两英镑3个的完全一样，就是换了一个包装，3英镑一个的只是在盒子上印上了夏威夷海滩阳伞和椰子树而已。

喜欢喝混合热带水果果汁的陈太太，名字也是果香扑鼻，她叫李甜樱。

李甜樱在剑桥和牛津两地搞科研的时候，两周在剑桥住，两周在牛津住。凡是她人在牛津，陈先生都会给她煮红枣粥、煲乌鸡汤、排骨汤之类的。英国常常阴冷潮湿，逢阴天下雨，陈先生还会给她做西北人爱吃的刀削面，放很多香辣酱在里面，香气扑鼻，让人垂涎欲滴。陈先生祖籍是兰州的，削起面来很有一番架势，左臂夹面，右手执刀。怕头发掉进锅里和面上，脑袋还顶着一个塑料袋子吹了气做的高帽子。我们的英国厨房里顿时噼里啪啦，面片横飞，直接入锅，沸水四溅，热气腾腾，香气扑鼻。

陈太太早上10点钟要去实验室工作。她一般都是睡到

9点15分，等陈先生在厨房捣鼓出一屋子香味了喊她："甜樱，下来吃饭啦！"她才伸伸懒腰，声音无比细软地回应一声："人家再睡5分钟就下去啦，不要再吵了嘛……"

我如果当天上午没课，就一定能在这个点儿准时听到这样一句，然后我舌头上就无端地迅速渗出一层口水。我的想象力比味觉和嗅觉还厉害，它已经把陈先生煮的一锅不管什么好吃的，搞得美味无比，让我自己完全控制不了自己的舌头出口水，整个人都馋得不敢下楼，甚至不敢打开自己房间的门，不然近距离闻到了香气，马上就会饥肠辘辘。有时持续一整天，吃多少块三明治和汉堡包都无济于事，缓不过来。后来我知道了，那个饥肠辘辘不光是来自肚子，饿成那样是因为眼也馋，心更馋，馋得时间实在太久了，整个人都馋得太狠了，给馋透了，指挥分泌口水的器官大概过于敏感和发达。人穷志短，马瘦毛长，舌头馋久了，口水分泌过于旺盛。

陈太太离开牛津去剑桥工作的那两周，每周五，陈先生都会哼着小曲儿在厨房里弄一个下午，5点不到，他就带着煮好的牛肉、鸡汤、饺子之类的好东西，开上自己的二手宝马车，听着蓝调爵士乐，快乐地一路向北奔向剑桥，大约6点半他和甜樱就可以在"夕阳的余晖"下，一边欣赏着"康河的柔波"，一边吃好东西了。

陈先生每次都会多做一点，留在厨房里，临走前写张字条放在餐桌上，嘱咐大家一定要尽快吃掉，不然就放坏了。我摸着规律之后，逢这样的周五，都会装作若无其事的样子背着书包准点回家，陈先生前脚刚一走，我就立马窜至厨房，像加菲猫饱餐番茄酱意大利面那样地埋头饕餮一番，然后打着饱嗝，心满意足地回房间。

陈太太是个勤奋的读书人，她是那一类喜欢钻研科学，爱动脑子，一件事情抠到底非要弄出个究竟来的性格。和搞人文艺术之类的学者比起来，她分析问题似乎更讲究方法和科学性。就在闹过官司丢了戒指的那一段时间，只要李甜樱住在海德里道 28 号，她就不断说服陈先生回国创业。尽管她讲得极有道理，逻辑严密，却无法让陈先生动心。

"盛世，现在不回去，那我们这辈子就耽误在这里了……"这是陈太太在说话，细声细语的。

"好多人想来都还来不了呢！你那两个同学不是忙活了两三年也没有办成？怎么能说我们是耽误在这里呢？"陈先生马上反驳，闷声闷气的。

"你想，人生不过几十年，我快 40 了，你已经 42 岁了，我们回去的话，正可以开创一番事业，但是我们留在这里，是没有太多机会的。"

"人家这么小的一个英国，人均 GDP（国内生产总值）是你那儿的十几倍，怎么就没有机会？我就是觉得这里挺

好，以后你留在大学教书，我忙我自己的这摊子事儿，我不但不会拖累你，还可以好好照顾你，有什么不好？怎么能说耽误呢？"陈先生辛辛苦苦奋斗了8年才有了这些来之不易的成果，他的确不希望回去。

"盛世，我早就说了，你不要只看眼前利益，这些蝇头小利和未来的大利益比起来根本就不算什么……"陈太太仍在细声细语地讲话。

"怎么叫我只看重'蝇头小利'，就只有你有理想有抱负吗?!"陈先生要火了，他感觉太太瞧不起他辛辛苦苦用"蝇头小利"积累起来的稳定生活。

如果光靠李甜樱一个月800英镑的学术补贴，喝风呀！肯定连块牛排都不舍得买！更何况这少得可怜的学术补贴也是近两年做了博士后才开始发的，读博士的时候都没有，吃穿用度还不全靠陈先生一个人的那些个"蝇头小利"？

"当年你要一起来，我也是和你说过的，未来要看到底怎样更合适。如果留下来好，那么我们就留下。如果回国发展好，那么我们就回国。我们不是都商量好的吗?"陈太太言语依旧温和。

"你说的这些合适，都是指对你合适还是不合适，不是对我们两个人的!"陈先生声音里透着闷闷不乐。

"对我合适，对我们两个人就合适了一半不是吗？如果你也认同，那就都合适了呀!"陈太太思维缜密、条理清晰，猛一听句句在理儿。

……

我支愣起耳朵，好一阵子两个人都没有言语和对白。

"可是，我回去能干什么呢？"陈先生似乎想了很久才下定了决心一样终于问出了这样一句话。

尽管他没有很高的学历，但是男人的自尊心不和学历成正比，全天下的男人都是一样的，面子和自尊是第一位的。

"这个你根本不用担心的，我回去做一家公司，你负责管理就好。其实也不需要你真的管理，你可以挂个名头做总经理，会有好几个专门负责和执行的 manager（经理），你乐意的话无非协调协调他们开展工作，不要你真的动多少脑筋的，那样不好吗？"这已经不是我第一次听到陈太太给她先生描绘未来的宏伟蓝图。

"我知道，其实就是类似于以前我们单位的办公室主任，对吧？管管公章，做些协调工作，调个车，组织开个会，春天搞个春游，夏天搞个游泳比赛，秋天组织个文艺节目，冬天拔个河什么的，这些我都是懂得的，但是我想肯定还是要做些接待工作吧？但是甜樱，我早跟你说过，花天酒地的那些个事情我可真干不了！"陈先生无奈而无助地摇头，他又想到了搓麻、打牌、喝酒、足疗、洗澡、唱歌等他想象力所能及的，那些个对外接待活动中似乎是必须

要做的"花花事儿"。

在这方面陈先生真是个井底之蛙，他把这些都叫做
"花天酒地"。那刘宗宗父亲开的夜总会里每天发生的那些
勾当，陈先生怕找不到词语来形容了。

其实他也知道的，他从网络上看到很多不知真假的消
息，猜测这些更厉害的"花天酒地"在神州大地天天上演，
从号称国际大都会的地方到每个县城、乡镇甚至村庄。

不说别的，就说上次过年和甜樱回老家，看到村头一
下子开了五六家成人用品店，门头一个比一个露骨，真真
是吓了他一大跳。"夫妻用品店"、"计生用品专卖"、"两
性用品店"，这些名字都不过瘾了，有两家直接就叫"性玩
具大全"、"性情趣总动员"。为了拉客人，很多产品甚至那
些让人脸红害臊的电动安慰工具和令人心惊肉跳的布条子
一样的情侣裤衩，都赤裸裸地摆在简陋的橱窗里，迎面朝
着顾客。原先村里的卫生室被人承包了，门口多了 4 块大
牌子："增大增粗一夜三次"、"别让男人一手掌握"、"二
次发育'勃'大'精'深"、"让 72 岁男人回到 27 岁永不
反弹"。仔细一看，三个是给男人吃的壮阳药，一个是针对
妇女的丰乳膏，还都号称是 USA（美国）和 Europe（欧
洲）的发明创造和舶来品，纯生物科技，个个正宗带防伪
激光标识。偏偏陈太太眼尖，瞟了一眼就发现 4 样东西赫
然出现在大牌子上的英文名字里，有 3 个没拼对，还有一

个是明显自己瞎造出来的词儿。

"简直都不堪入目了。"陈先生向太太嘀咕，"这不是和伦敦红灯区上的 Sex Shop（性交易店）一样直白了吗？但是人家那里是特殊的区域，咱们这里可是大家天天要顶在脑门子上头经过的村口呀？出出进进的，多少小孩子天天上学、放学路过，抬头是'性玩具大全'，低头是'增大增粗一夜三次'，这还社会主义新农村呢，难道没人管管吗？才几年时间，怎么成这样儿了？还说人家英国是花花世界，我看中国的农村都要比那牛津更开放了！"

陈太太不愧是学科学的，这种时候显得十分理性，坦然道："国情不同！这村里的小孩子们，最早的性启蒙教育恐怕就是这么来的！存在就有合理性！再说了，上有教育部和卫生部，真出了事，还有公安部呢，用得到你在这里瞎操心吗？！"说得陈先生好久接不上话来。

对这一类的"花天酒地"，陈先生思忖着不知道要说"那些乱搞的事情我更不会"，还是要说"那些黄色的事情我没兴趣"，他心里是这么考虑着，嘴里却已下意识地说出来："我总不能为了所谓公司发展，为了赚钱，甚至要陪人跑到夜总会、洗浴中心去耍流氓了吧？！老说人家欧洲人懒散，说人家对感情、欲望不节制！可人家那股子从容劲儿一点儿都没学会，不要脸的事儿，倒学得火急，我看咱们有些人是做得比人家还要厉害了！"

"哎呦，我说你这个人怎么这么死脑筋呢？你不愿意去可以安排别人去呀！人和人千差万别的！再说你怎么就那么肯定，我们要做点事，一定会有这些'夜总会'、'洗浴中心'什么的乱七八糟的事情伴随而来呢？"陈太太倒是并不发火，只嫌陈先生榆木疙瘩脑袋。

"可是，那是咱们自己家的生意呀！连联络感情搞关系什么的都交给别人，那我也不必去你的公司做事上班了！你刚开始干，这些搞关系的事情我百分之百肯定是要亲力亲为的，可我又真不在行！甜樱，我一想脑子都疼！回去不是受罪吗？留在这里有什么不好呢？只要我肯出力……"陈先生一根筋地和陈太太低声吵吵着。

"好了好了，我不和你说了，盛世，我只问你一句，你出苦力能出一辈子吗？"

"我，我，我怎么成了出苦力了呢?!"陈先生被问得突然，没有多少准备，只能硬邦邦地对他太太反问回去。其实这硬邦邦的语气背后，心虚得很。

"你不是出苦力又是什么？你算过没有，你在这里做的这些事情，当中有多少科技含量呢？数一数你在牛津干的这些行当，说句不好听的，哪样不是在打"累搏"（累搏，当地使用英文的中国人创造出的词，英文 labour 的谐音，labour，劳力的意思）呢？有几个英国本地人肯干这些的？除了波兰人和罗马尼亚来的，又有几个欧洲人肯做这些工作？"陈太太一组问句扔过来，根本也没有想等他的回答。这是这次交谈中，李甜樱唯一语调儿不太温柔的时候。

……

中间两人好几次喝水、去卫生间，陈太太好像还一直在上网和谁滴滴地 QQ 聊天（QQ，在中国颇流行的一款网上即时通信软件），但是两人都不再言语。

那晚，他们房间的灯从格林尼治时间的晚上 9 点一直亮到半夜 1 点，是北京时间的凌晨 5 点一直到上午 9 点。

只是，和以前每次交谈与对峙一样，没有结果，还险些吵起来。

最后，两人屁股对屁股，脊梁靠脊梁地躺下了。

第二天早上一直到 10 点钟，也没有听到陈先生如往常一样热乎乎地喊："甜樱，下来吃饭啦！"

陈先生早就开车走人了。他 9 点不到就跑到一个叫伍德斯托克庄园的社区去搞装修了，他刚又在那里低价拿下了一个三居室的旧公寓。他提前考察过了，那公寓所处的位置距离一个以跑车设计专业闻名欧洲的艺术设计学院很近，一年四季都有访问学者和交流人员来来往往。尤其是这几年，中国人开始涉猎这个领域，跑车市场和相关产业方兴未艾，从中国广东、深圳和香港来读这个专业的留学生猛增。他盘算着：生意不会太赖的。

哈瑞1：“真好，是你吗？”

　　哈瑞是静好的导师，是一名了不起的讲师，怪不得静好会对他着迷（她自己还一直都不肯承认）。哈瑞昨天来给我们学院做了一场客座演讲，他讲得可真好，听着就让人享受。

　　我回忆起以前静好常常跟我讲起的她和哈瑞之间的那些故事，再看看哈瑞本人，真的恍惚能从他身上体会到郭静好说的那份既单纯又深厚，既渊博又明快的感觉呢。不过，如果不是她告诉我，我自己很难找得到这种感受。我大多数时候没有郭静好那么敏感细腻。

　　第一个学期哈瑞不给静好他们上课。第一个学期基础性、综合性的东西比较多，人家哈瑞已经是有名望的学者，有自己的学术成就，不必由他给学生讲那些。

　　艺术史与传媒研究之类的专业大概在全世界哪个地方都不是热门学科，一共才不到10个硕士研究生。不像商学院里的金融专业、经济管理什么的，动不动就100多号人，上个大课人头攒动，人声鼎沸。学生来自世界各地，黄白黑褐，男男女女，香水胶鞋，呼吸放屁，人味刺鼻。而郭静好他们专业一共才9个硕士生，上课用的是最多允许装19个人的小教室。教室在二楼，楼下是一小片树林子跟一个满是灌木丛和郁金香的大花园。静好他们上课永远是开窗通风，风景怡人，空气清香，呼吸顺畅，舒服自在。教室里有3个木格子白窗户，每扇窗户框住的景色都是一幅美不胜收的鲜活生动的真实水彩画。

和他们8个人一起上课的还有几个接受这些科目学分的其他专业的硕士研究生和一个哈瑞的女博士，但是每次都不会超过12个人上课。从第二学期开始，哈瑞给静好他们8个人和来自罗马尼亚的女博士蒙拉一起讲艺术理论和研究方法。

郭静好一直跟我和张意蕴吹嘘哈瑞多么多么有大师风范，上他的课如何如何享受，等等。我听了哈瑞一堂讲座后才知道，静好还真的不是只敢搞精神外遇，昏了头瞎说的。

哈瑞的课件做得细致清晰，图文并茂，连他用的字体，也是其他老师不太常用的字体 Lucida Sans Unicode（一种英文字体的名称），秀气雅致。不知道为什么，大多数老师喜欢用规规矩矩的 Times New Roman（使用较为普遍的一种英文字体的名称），就和大多数当地英文报纸上印的字体一样，类似于我们中文汉字的宋体。而哈瑞就一意孤行地喜

欢着他的 Lucida Sans Unicode，他还喜欢把自己讲课时用的 Powerpoint（电脑演示文稿）的背景纸做成带深蓝色细条纹图案的，大概这样更有真实的纸张感。而无论是字体还是背景纸，这些都是哈瑞和学生交流的渠道与方式，他很在意这些，就是很在意跟大家交流的每一个细节。

静好他们上课和我们一样，也是集中授课和单独授课相互交叉进行。一般就是一门课前几堂是集中在教室里上课，从第三堂课开始就是单独到老师的办公室做讨论了。老师的助教或者老师本人会提前在邮件里和大家确定好时间，学生们一个人排半个小时到 45 分钟，大家一个挨着一个去见导师，在办公室里面对面学习。据说这是沿袭了几百年的教学方法，更加有利于高效率地解决不同学生面临的不同问题和实际困难。

静好常笑话哈瑞讲中文口齿不清，她的名字总被他叫得怪里怪气的。我想那是肯定的，哈瑞又没有专门学过中文。恐怕他一个人到中国旅行，连杯热咖啡也不知道怎么点呢。

有一天，是单独授课时间，也是第一次静好单独去哈瑞办公室上课。静好排在下午 3 点，她提前了两分钟到哈瑞办公室门外。透过小门的玻璃格子，静好发现排在她前面上课的法国女生梅奥还在里面坐着，哈瑞和梅奥两个人显然还在激烈地谈论着什么，而且像是互相都想要说服对方的架势。

　　静好只好转身，轻声走到楼下看美术专业学生摆设在一楼的摄影作品和艺术设计专业学生们的毕业作品陈列。谁知道她再回到楼上的时候，静好一看表，坏了，这下自己倒比原先排在时间表上的钟点，迟到了 5 分钟了。她赶紧敲门，可是哈瑞却并没在办公室里。静好靠近了看，几乎要把眼睛贴到门上了，透过小小的玻璃格子，瞧见哈瑞的深蓝色转椅。那椅子的黑色靠背紧挨着桌子上电脑键盘的边缘，椅子上没人，原本坐在转椅对面的梅奥也已经走了。

　　"不会梅奥走的时候，他看到门外没有人，就以为我还没来，认为我是迟到了吧？"静好担心地想着。大家都知道英国老师很严格，甚至有些人很死板，根本不听解释。他们也确实很认真，有的老师，对待迟到的学生，毫不客气、绝不手软的。"我的天呀，怎么这么倒霉，他不会生气了吧？这可是第一次到他的办公室上课呀，谁知道他的脾气什么样？和其他老师是不是一样呢？他那么大腕儿，整天也没有半张笑脸给我们，是不是人脾气很大呀？哎呀，我明明来得早，可是现在却生生就变成迟到了！这可怎么办！"郭静好同学当时吓坏了。

　　"真好，是你吗？!"突然，一个很浑厚、低沉、有力的声音从后面传来。果真像静好说的，哈瑞的中文发音怪声怪气的，他嘴里出来的"静好"这两个字，如果让中国人

听着怎么都是"真好"。

"哦,您好,哈瑞,下午好!"静好回头看到哈瑞端着一杯大号的 ILLY 咖啡站在后面。他刚才应该是去教学楼对面的咖啡店了,静好猜测着,但是她掩饰不住,心里和脸上都还带着惶恐不安。

"周末过得好吗?有没有出去玩?"看不出哈瑞有一丁点生气的迹象,静好稍微放心了一点。

"我,我没有出去玩,这个周末一直在看您让我读的那本书……"静好老老实实地回答,一边随哈瑞进办公室坐下。

哈瑞放下手里的牛皮纸色大号咖啡杯,一边坐下一边笑着打量了静好一下。静好瞬间感觉像淋了雨水一样,被他从头到脚地看了个遍,不过,他目光十分柔和。

郭静好同学当时穿着铁灰色翻领长毛衣,细腿裤型的深蓝色牛仔裤,深咖啡色圆头圆脑的其乐翻皮平跟短靴。哈瑞看她的时候,她的一双脚是脚掌撑地,膝盖紧并,小腿分开,脚后跟蹬在她坐的木椅子的两条前腿上,身体向前倾着。这样坐着可以用腿不费力就撑起膝盖上的几本书,比较随意舒服,又能听清楚导师说的每一句话。以前去别的导师的办公室单独上课,她都是这样坐的,高效、随意、舒适但又不是太随便。

不过,随着哈瑞的眼神,静好下意识地赶紧把脚放平,和膝盖一样，两只脚整齐并拢平放在了两条椅子腿中间，好像刚刚开始懂事的小孩被父母看见坐姿不漂亮，赶紧改过来一样。哈瑞的眼神最后落在她左脚上。她随着他的眼神整理着自己的坐姿。哈瑞当然是感觉到了，他温厚地对她轻轻笑了笑。

哈瑞讲话慢条斯理，解答问题一丝不苟，不紧不慢。无论静好问他多么弱智的问题，他都耐心地一点一点回答她。静好就趁机多问了几个当着其他同学面不太好意思问的低幼问题，甚至连 That（那）在从句中的用法也举例问了哈瑞。没想到哈瑞一点都不意外，反而笑着说："这真是个难题，你知道，很多英国人也常常用错，但他们似乎从来不想知道该怎么样把它用对。"他查找出电脑桌面上存着的几个学生的作业，选了几个对的例子和错的例子，给静好细细讲了起来。那气氛让静好感到放松极了。

郭静好同学后来深情款款地告诉我，哈瑞是她一生中遇到的最好的老师，也是最让她感觉放松和自在的老师。哈瑞讲的一些话，她一直到现在都记得很清楚，偶尔想起来，还仿佛就置身于那个场景中，像刚刚发生在隔壁。

为了让她冷静，我冷冰冰地给了她一句："嗨，人家哈瑞那是有职业素养好不好？人家教书先生首先就是要让学生放松和自在，只有这样教学效率才高，所以他跟你讲的那些你到现在都记忆犹新！你呀，是从小就被要求背着手，

一下子碰上了不让你背着手的，还问你周末过得好不好，你就不知道该怎么办了，以为人家只对你这么好?! 其实人家对每个学生都一样! 就像你上小学的时候，所有人都得主动反剪着手听课，那也是一视同仁呀，不是光让你一个人当木头人。所以你别晕乎! 别总以为他对你多好，他对谁都一样，不会对你两样!"

可郭静好同学根本不理解，大概也一点儿不想理会我的良苦用心，反倒狠狠地剜了我几个白眼。

那天下课后，静好去图书馆，无意中从图书馆图书目录中看到，她魅力四射的导师哈瑞竟然有18本书被收藏在这里。不知道为什么，她毫无目的地记下了每本书的索引号，还专门去书架上找了两本来翻翻看。哈瑞的文字朴素，虽然严谨但是并不深奥难懂，每个词都很简单，可是又用得恰如其分，读着真舒服。

怪不得有人说，最好的语言往往是最简单的语言! 静好把哈瑞那几本书翻来翻去，读着读着就仿佛和一个既深刻却又朴素，渊博而不失纯真的人在面对面交流。尽管哈瑞的文章都是些学术作品，但是有些字句还蛮有趣呢。最重要的是，郭静好竟然还从哈瑞的学术著作里发现了一些其他的似乎更为重要和有趣的信息。

郭静好盯着一本书的前言之前的一小段话，那是哈瑞写的感谢辞，里面提到了一个韩国女人的名字："我也要感谢 Nan-Yon Zen（音：南永真），感谢她在我写作这本书期间，给予我的情感上和道义上的支持！"

静好联想起刚才在办公室上课时哈瑞看她的眼神，那真是像深蓝色湖水一样的眼神，恍然猜测：他是不是曾经有过这样一个叫"南永真"的韩国女友？难道我和她有点像吗？还是，还是他有东方情结？东方人看起来都有点像吗？不是我自作多情吧？但是他刚才看我的眼神实在有点怪呢！真的像深深的湖水，泛着碧蓝的光，深不见底。

管他呢，静好没有时间多想他的眼神和风花雪月了。两周后的 Presentation（课堂呈现）等着呢，还有好多功课没有做，那可是要算 15％的毕业成绩呀。

但是不知道为什么，下一周去上课之前，静好开始注意去见哈瑞的时候要穿什么颜色的衣服好了。以前她都是能多睡 10 分钟就赖在床上多眯 10 分钟，然后，连帽上衣加上一件风衣外套边走边穿就出发了，腿上永远是牛仔裤，脚上永远是平跟靴，着急的时候连脸都不洗一把，头发抓几下就出门，不然可就真迟到了。

可是，突然间，要见哈瑞之前，她变得有点挑剔讲究起来，她想穿得稍微漂亮一点，多点色彩。

她把缀着亮片的浅咖啡色吊带背心藏在了黄色毛衫的里面，对着镜子，又敞开毛衫的前三粒扣子，再系上两粒，又打开一粒，外面再搭配上一条深蓝色与银丝线交织的棉

麻薄围巾。她把那条穿了很久很久像长在了腿上一样的深蓝色牛仔裤也换掉了，套上了一条浅灰色的水洗牛仔靴裤。这裤子很合体，显得双腿更挺拔，屁股更紧绷一些。而且，她竟然蹬上了好久没有穿过的那双褐色圆头高跟靴。

可是高跟鞋穿久了脚会不舒服。哈瑞的课从下午3点上到了快4点。一上完课，静好就急匆匆赶紧跑回家，换上了平底靴，接着再赶回校园去上另一位老师保罗的课。保罗的"叙事递进与发展"从晚上6点开始上到8点结束。静好换了鞋和梅奥约在图书馆见面，然后一起去餐厅吃饭，吃完饭一起去上晚上保罗的课。

没想到一脚踏进图书馆，竟然迎面撞见了哈瑞从对面走来。静好完全没有料到，以为哈瑞一下课就马上走人了呢！这都下课快一个钟头了，他怎么还留在校园里呀？

静好说了声Hello（哈喽），哈瑞十分客气礼貌地轻轻一笑又点了一下头。静好只觉得他在盯着看她脚上穿的鞋子，大概他第一眼就发现了自己的身高变矮了。6厘米的高跟靴又换成了平跟靴，那不是就等于说，高跟鞋就是为了上哈瑞的课而穿的吗？晚上要上保罗的课了，所以，她就脱下来换上平底鞋了！被人识破了真尴尬呀！真是的！郭静好怪难为情的，双颊一下子就红了。

哈瑞没有开口说话，但是他确实注意到静好换上了平底鞋。哈瑞身材高大，至少一米八七的个头，背着一个很大的咖啡色书包，里面大概全是书，书包被撑得方头方脑，像塞满了砖头。

哈瑞脸上是他一贯的平静或者说冷静，一步一步稳稳当当地从郭静好身边走过去。就在他从她身边闪过的时候，静好突然闻到一股很好闻的浓咖啡的香味，她的心跳没有原因地变得很快很快，“突突突，突突突，突突突”的。

难道我真是为了见他才穿上高跟鞋的吗？静好在心里偷偷问自己。根本不是的，就是想穿了嘛，好久都没有穿了，换一下心情而已。她马上给了自己一个否定的答案。可是，为什么直到在二楼见了梅奥，静好的心还在慌慌地跳，那节奏还没有慢下来呢？然后两人去餐厅吃饭，坐在那里，梅奥一边吃一边和静好讲一部自己昨天刚刚看过的电影，静好时不时对她点点头。

其实，对梅奥热情讲述的电影和盘子里的那块黏黏糊糊极难吃的三角形吞拿鱼玉米三明治，她都是心不在焉，根本不知道梅奥在表情夸张地说着哪段情节，也不知道自己吃了一肚子什么。她一直回想下午在哈瑞办公室里上的那堂课，回忆或者说回味着上课时哈瑞看她的眼神，还有刚才擦肩而过时不知从哪里散发出来的极好闻的浓咖啡味道，也一直在郭静好鼻子周围飘来飘去。

下周就要做 Presentation 了，这个词也许是英国大学里，学生们最常用的词之一，我们都把它翻译成“课堂呈

现"或者"当堂呈现"。所谓做 Presentation，就是每个学生站在讲台上，用 20 分钟左右讲一个事先由老师确定好你来做的学习话题。你需要提前做很多功课，最后在这 20 分钟里，将你对某个题目的研究和学习成果，尽最大可能全面展示出来，其实，有点像公司的路演。

到时候，其他同学和导师都坐在下面听，还会专门请一位大家不认识的教师做监督者，他们会给你提问，为你写评语、给你打分数。

前前后后做过至少 5 次 Presentation（课堂呈现）了，郭静好其实并不怕说的过程，怕的是讲完自己的内容后，同学们的互动提问。法国女生梅奥最喜欢提尖锐难堪的问题，动不动就直指政治体制、环境保护、人权等等八竿子打不着的事儿。但是你不回答也不好，完全绕开她的问题会被认为不礼貌。静好已经领教过两回了，明明讲的是伦敦电影节和上海电影节的比较，或者是不同的媒体运营模式，最后梅奥都要扯到这些个敏感的话题上，真是让人头疼。

静好的话题是中国主流媒体与英国主流媒体运营方式的比较，她做了一个非常细致的提纲，分了 26 个页码。星期四的下午做课堂呈现，哈瑞给每个同学一个最后的讨论机会。静好和哈瑞的当面讨论安排在星期三的下午在他办公室进行。

静好本来就很紧张，这门功课非常重要，这个 Presentation（课堂呈现）是对毕业论文题目和自己研究情况的一个整体介绍，会直接关系到毕业论文的写作和成绩。可是屋漏偏逢连阴雨，星期三一早起床，原本就紧张得没有睡好觉的静好发现自己突然提前一周来了那个，小床的正中间粉红色床单上赫然一块暗红色血迹，触目惊心的。小肚子生疼，腿脚也冰凉，但是静好要忍痛去阴冷的卫生间洗床单。

没办法，收拾好这些，静好带上一个小热水袋，跑去学校的电脑房打印出提纲，又给哈瑞的信箱里发了电子版，然后继续查找有用的资料。还好，下午，当郭静好眼泡浮肿地去见他的时候，哈瑞满面微笑，第一句话就是："你的电子版提纲我上午收到了，我大概看了一下，有很多细节嘛，不错！"

"还有这些，我刚刚查到的！"静好赶紧把当天又查到的一些新资料拿出来给他看。哈瑞翻了翻，还给她，还是微笑。看来他挺喜欢这份作业，静好在心里暗自庆幸。

哈瑞脸上仍是他一贯的温和平静，他低声对郭静好说："你应该很有信心吧？明天下午就要上台去讲给我们听了。"

静好摇摇头，老老实实地说："没有信心，我还是很紧张。"说这话的时候，她一脸的担忧。静好确实很紧张，老师和同学几乎全是欧洲人，静好怕他们会笑话自己的英文不够地道，还怕他们问那些刁钻的问题，还有，到底自己

做的研究和提出的问题，还有要讲的那些个话题，是不是精准呢？该不会现在觉得还可以，到时候却漏洞百出、千疮百孔吧？

静好看见哈瑞闪动着他浅金黄色的眼睫毛，把转椅向前挪动了一点点，这样他就离她近了一点。

静好听到哈瑞慢慢地说："你的语言没有问题，你的思路也是我目前看到的提纲里最清晰的一份，所以，为什么要紧张呢？你不用紧张的！"

静好还是摇头，可怜巴巴地说："我真害怕自己说得不好！要知道，除了萨希马，你们都是欧洲人！我真的很紧张！"

哈瑞把身体向前倾了一下，左右手十指相扣地紧握着，这样距离静好又近了一点。他好像很想再鼓励鼓励她，或者说安慰她一下，但是又不知道该说什么，该怎样继续鼓励她。他以往很少当面夸奖或者表扬学生，今天对静好说的这些话，对哈瑞来说，已经很有点过分了。

哈瑞只好说："首先，你知道，欧洲人也不全都讲英语，大家也来自不同的文化。再说，你准备得挺充分的！这样，到时候我们一共 9 个人，包括你是 10 个人。我和埃里克斯，另一位监督教师，会坐在房间的后面，你们当中的一个人在台上讲，其余 7 个人像平常上课那样坐着，你知道的，对吗？就是和你们在保罗的课上做的 Presentation 是一样的, 大家都认识你, 你也认识他们, 除了埃里克斯, 不是吗? 所以不需要紧张。另外, 你可以慢慢说, 20 分钟到了的时候, 我不会催你结束! 我们可以听你说完, 所以你不必担心时间不够用, 好吗?"

静好使劲点头, 很感激地对哈瑞笑了一下, 闪动着她稀疏不过长长的黑色眼睫毛。

拿着哈瑞给她提出的几个需要修改的小问题, 静好认认真真地重新做了研究和核对。周四下午做 Presentation, 只有不到一天的时间了, 静好觉得, 这多少有点像撰稿人被催稿的感觉, 至少心里面会或多或少慌乱紧张。但是, 稿子要是实在写不出来, 总还会有其他人的稿件顶上。这个 Presentation 可不一样, 只能自己硬着头皮做, 而且是要算分数的, 分数好不好, 全看周四下午课堂上的表现如何, 而课堂上的表现如何, 决定于之前的功课做得足不足。

大概, 在相对严苛的教育氛围下长大的郭静好, 对分数的敏感, 是那些欧洲同学所不能理解的。她和我跟张意蕴一样, 有时候宁肯不睡觉, 宁肯不吃饭了, 也要把已有的研究再多做一点, 希望它们更完善一点, 尽管其实很多时候是无用功。萨希马虽然不是欧洲人, 但是他同样不理解, 曾经不止一次对郭静好说过: "干嘛那么忙活, 让自己受罪, 能通过不就行了呗。"

周四下午, 静好的好朋友泽瑞娜第一个上讲台做 Pres-

entation，她谈论的是欧洲国家几个影响比较大的电视台的运营方式。她做完就是郭静好了。

　　静好跟排在她后面的萨希马开玩笑说："不然你先来吧，我太紧张了，心里害怕得要死。"萨希马头都不抬，正在用他那个 10 寸的黑色小上网本奋笔疾书，显然他的功课做得不够，是趁泽瑞娜做的时候临阵磨枪。

　　萨希马从伊朗来的，和郭静好读预科的时候就是同学。念硕士课程之前，萨希马已经在伦敦读了 6 年书，看电影，看话剧，和朋友侃足球，英语都是倍儿溜，但是一做作业，就完了。读硕士以来，他已经不及格三回了，补考还有两门没过，每门都交了 120 英镑的罚金，得到准许可以延期 3 个月再考。但是按规定只要有两门补考，即便他延期补考能考过，也拿不到学位了，只能拿个学历文凭。所以，估计他是根本就不打算再用什么无用功了。

　　静好要上去讲之前，心跳得快要蹦出来了，不过一站在讲台上，突然又轻松了，好像上了行刑台，反正无论如何，就这样了。静好一打开她的 Powerpoint（电脑演示文稿），26 个页码，底下 7 个同学一片惊呼："哇！好长呀！"静好求救一般赶紧看坐在窗边的哈瑞，哈瑞笑了笑，对她点头，像在说："没关系，开始吧。"

　　没想到静好当堂呈现的话题，大家竟然都挺感兴趣。其中对于中国媒体和英国传媒的比较研究，那些欧洲同学和老师真的了解得很少。特别是对于中国官方电视台、电台等媒体的运作方式，他们很好奇。在必要的环节里，静好把自己在媒体工作 10 多年的一些经历也穿插进去讲给他们听，小教室里的气氛一度十分活跃。

但是不出所料，最后梅奥在"提问题时间"里谈论起人权来了！从传媒谈到言论自由和言论不自由，然后谈到意识形态，谈到民主和人权，之后竟然还扯出了那段时间一个非常敏感的事件和民族话题。

这个梅奥呀，我请你吃的茶都白吃了！静好早就知道自己的担心不是多余的，她使劲放松，让自己不至于紧张得说不出话，然后慢慢地说："我想大家都知道，每个国家有不同的情况，不同国家处于不同的发展阶段，有不同的国情，所以，有很多问题不是一句话两句话就能讲明白的，但是我相信中国不是你想象的那样，你没有在中国生活过，但是我来自那里，我有真实的生活经历和感受。你在巴黎或者伦敦街头偶然拿到的那些乱七八糟的传单上写的那些胡言乱语，至少我觉得不真实。有时间我们可以从历史和文化的角度深入探讨这个话题，但是我们现在只是在对媒体的不同模式进行比较研究，我想你提问的这个话题距离我们今天主要谈论的问题或多或少有点远。"

梅奥纠缠道："慢点，静好，传媒本身不是独立的，一定是和这个国家的政治、社会、经济紧密相连的！甚至媒

体正是某个社会，某个国家话语权、人权的体现！如果你同意我说的，那么，你就不能逃避或者说不正视我刚才问你的关于人权的那些话题！"

静好告诉梅奥，中国是个快速发展的国家，因为国家很大，发展不均衡的地方当然也还是不能避免的，有人开玩笑说，中国有些地方已经赶超欧洲，但有些地方或许像非洲，所以，如果她想知道真正的中国，就一定要亲自去了解和感受！

可是，被静好整日叫"跌若斯特"（Dearest，最最亲爱的）的梅奥还在继续纠缠："人权问题和一个国家的经济发展没有必然的关系，你无非是想说，中国的经济发展如此迅速，特别是你说你们的传媒无论传播手段还是传播理念都已经和世界接轨，那么，请问为什么我们从 BBC 看到的关于 XX 事件的报道与中国国内的报道不一样呢？"

静好要个小聪明说："梅奥，我不太明白，那你是说人家 BBC 撒了谎吗？"

梅奥两手一摊："BBC 当然不会撒谎，BBC 为什么要撒谎？"

静好说："BBC 为什么就不会撒谎？那你的意思是中国的媒体撒了谎吗？"

梅奥把白色粗毛线钩花围巾从脖子上解了下来，放在面前的书桌上，似乎是讨论激烈，出汗了。"我不是这个意思，但是为什么他们说的话不一样呢？你的解释是什么？如果你认为 BBC 撒谎了，那么到底真相是怎样的？又到底是谁在撒谎呢？总之当中有人说了谎话！"

静好冷着脸说："我没有看过 BBC 关于这个事件的报道，我也不知道它撒谎没撒谎，但是，我相信不同媒体有不同的视角，就像我们每个人看问题都有自己不一样的视角，甚至每个人都有不一样的立场和观点。无论是东方世界还是西方世界，大家都在讲多元化，多元化就是允许和欢迎不同的观点存在，不是吗？"

梅奥这回耸了耸肩膀："静好，你说得有道理，但是还是没有正面回答我的问题。你其实不想正面回答，不是吗？"

静好撸撸毛衫袖子，准备再次端起红缨枪抖擞上阵，不想哈瑞这时发话了："讨论得很好，'真好'也已经回答了梅奥的提问，梅奥的问题涉及很多方面，因为时间的关系，我们今天不在这里过多地谈论这个话题了。下面大家课间休息 10 分钟，回来后是萨希马来做课堂呈现。"

哈瑞话音未落，不想消防警报突然响了，大家赶紧穿上外套，快速有秩序地出门，下楼，到草地上的安全距离外站着等。

消防警报演练这里常常进行。原先我住学校宿舍的时候，早上 6 点就搞演练，大家全披着被单往外跑。当时我还以为是这里火灾频发，后来才知道，只是学校要求一个

学期必须要举行 5 次演练。

　　郭静好去大草坪对面的"红橡树"实验楼用了一下卫生间。从"红橡树"出来的时候，刚才人文学院楼下站的那一堆人已经散去了，显然消防演练的警报已经解除了。

　　远远地，她望见萨希马同学和哈瑞导师正穿过大草坪往他们的教室走。从背影看他们俩似乎正在讨论着什么，萨希马频频摇头晃脑、耸肩摊手，好像两人还谈得挺热乎的。郭静好一开始记不住萨希马的名字发音，总是把人叫成点心的名字"沙琪玛"。

　　课堂呈现重新开始，萨希马想要探讨的话题是"'9·11'之后，在好莱坞电影中，中东人角色形象上的变化"。这其实是个非常有趣的话题，但是萨希马真是大胆，一上来就做了个结论，他说"好莱坞电影中的中东人形象在'9·11'前后发生了很大变化，这和白宫的策略有关。"

　　哈瑞马上挥笔示意他停下，问他："请问，你和布什、奥巴马或者是白宫里的什么重要人物交谈过吗？你的这个说法从何而来？你已经去过还是打算即将亲自去华盛顿，到白宫采访这方面的情况呢？还是说，你手头有这样现成的、确切的、权威的资料？我要提醒诸位：文化和政治的确不可分割，但是如果你掺杂进太多政治的元素，我想这个题目会很难进行下去。毕竟这里不是政治系的课堂！"

　　萨希马很谦卑地微笑着接受了哈瑞的说法（有点像有

些单位里科长对待处长的批评那样），之后又开始扯别的。总之，他临阵磨的枪实在不怎么亮。尤其他跟在郭静好后面做这个 Presentation，前后一对比，一看他就是没有提前做好功课。静好有 26 页内容，8 个大标题，若干个小标题，还给出了很多数据。萨希马只有一个大标题，下面慌忙急促地列出了五六个小标题，小标题下面就基本没有内容了。萨希马用他略带点儿美国口音的流利英语终于连滚带爬地把他要呈现的话题讲完了，然后就是提问题时间。

再一次不出所料，梅奥同学又对萨希马开火了，问了几个同样难回答的问题，例如：

"你来自伊朗，你自己对于'9·11'前后中东人在好莱坞电影中的形象的变化也许特别敏感，但是也许其他人根本就看不出有什么变化，或者说压根儿就没有变化，你认为这个话题有着宽泛的研究意义还是根本就没有什么意义，纯属你个人的兴趣而已呢？"

"你如何看待恐怖主义和恐怖行为给中东人形象赋予的特殊色彩？你有没有在一些特殊场合里，比如在机场的安检区，仅仅因为自己同样来自中东地区而遭受过不平等的或者说不礼貌的待遇？如果有类似经历发生，这些遭遇是不是你选择今天这个题目做研究的原因之一？如果是这种泄私愤式的题目，那你认为这个研究有何意义呢？"

梅奥这种提问者，是人家哪里不舒服，她偏要戳哪儿，

哪壶不开提哪壶。大概是她从小在家乡法兰西接受教育留下的深刻烙印。过于自由！质疑一切！

其实，她倒并不是不尊重你，当然更谈不上是挑衅，她只是根深蒂固地认为，只有问得你回答不上来，才是提问的意义所在。要不然干嘛要提问题呢？问一个你毫不困难就能回答上来的问题有什么意思呢？只有这样的问题才有价值提出。否则，她作为提问者似乎就失职了！

郭静好的"跌若斯特"Dearest（最最亲爱的）梅奥当然不知道，在底蕴深厚的中国文化里，提问有时候就是捧场而已。捧场还要捧得漂亮才行。

放心，让你难堪和尴尬之后，下了课她还会和你搂着肩膀去餐厅喝茶的。静好早就已经习惯她了，但是仍然希望她能软和一些，哪怕稍微软和一点。这太不符合中国人的文化和习惯了。一点儿面子也不给！捧场你不会，别拆台总可以吧！还整天互相都"跌若斯特"Dearest（最最亲爱的），一见面就来一个大大的 Hug（拥抱）呢。受不了！

没有想到的是，在她的提问之下，萨希马开始大谈恐怖主义。虽然他的出发点也许是想客观地陈述出来之后，和大家一起辩证地讨论，但是他谈论的内容已经完全背离了课堂讨论的方向了。他讲了个故事，17 岁的妻子为了 31 岁的丈夫自愿加入了塔利班组织，经过成功洗脑，披挂着黑纱，腰里捆上炸药包就登上了欧洲某国的一列地铁，然后，轰的一声，整节车厢的人都成了她的陪葬品。而她终于可以含笑九泉之下，为丈夫报了仇。因为她丈夫就是两年前在这个国家搞恐怖行动的时候被杀的。

萨希马讲这些话题，反而就彰显出他另外一种能力和魅力。他讲得不仅动情，还有点中国说书人的押劲儿，在一些关键细节上很会卖关子，例如"你猜怎么了！""接着发生了什么呢？"一时间大家的注意力全部都集中在所谓的"爱情的力量不可思议，可以跨越时空"，"任何一个人被洗脑后都会这样去做"等等上面，谁还记得是在上什么课呀？连坐在哈瑞旁边的另一位导师埃里克斯都不停地捂嘴"My God（我的天，上帝）""My God"地惊呼。

待萨希马最精彩的段落刚一说完，哈瑞就挥了挥手里的印着大学标志的深蓝色透明玻璃杆圆珠笔，示意萨希马不必再继续讲下去了。

下了课，萨希马在去餐厅喝茶的路上对静好和梅奥说："完了，我担心又要去交一门课的延期考试罚金了，我想今天哈瑞不会给我及格的。"

静好和梅奥都安慰他说："别担心，你看，首先你今天没迟到，也已经按事先排好的顺序上台讲了，也讲了足足15 分钟，中间还有讨论和引申，那么，哈瑞至少会给你一个最基本的分数吧！而且你也分了几个标题，列出了一些问题，还回答了同学的提问，及格还是差不多的！再说，

你说的话题那么有趣，讲得那么生动，大家都被你吸引住了……"

　　总是临阵磨枪不快也不光的萨希马同学其实一点儿也不糊涂，他心里还是有数的。大家的课堂呈现，两周后公布了分数，他得了30分，说起来哈瑞还算给了他面子的。硕士课程的评分标准：70分以上是卓越，60分是优良，50分是良好（平庸等级），40分是过（刚及格），30分不及格。本科生的评分标准稍低：70分是卓越，60分是优良，50分是良好，30分是过。萨希马好歹可以自我安慰：如果还是在本科阶段，我这就算过了，但是现在是读 Master（硕士）了，要求高了……

哈瑞 2：在海丁顿校园遇到真好

　　那天课堂上被梅奥质疑，一番激烈讨论后，郭静好同学的强烈感受和感慨颇多。她对我们几个说："我们总说'让中国走向世界，让世界了解中国'，没错，我们对世界的了解实在已经很多了，但是这个世界对我们的了解，实在还很少！"说的时候脸都急得发红。大概又身临其境般回到了被梅奥逼问的场景。

　　郭静好往返最多的是海丁顿山和吉普斯岚两个校区，它们紧紧相连，中间只隔着一条直通伦敦方向去的海丁顿路，大概至少有三千名来自世界各地的学生，还有好多松鼠陪着他们每天出没在这里。

　　他们穿梭在这两个校区里上课、听讲座，在吉普斯岚校区的主图书馆里查阅资料，在校园里的餐厅和咖啡店里吃饭、喝茶，在这里的两个宿舍区生活，在餐厅旁的小超市里买东西。当然，天气好的时候，他们也会躺在草地上

晒太阳、吃烧烤，还有人在四周写生、拍照、跑步、谈恋爱、吵架……

每个周一上午，作为专业负责人，哈瑞都要去吉普斯岚校区开会。这个周一的会议不知道为什么特别长，快12点了才结束。他匆匆忙忙回到海丁顿山校区的办公室，一看时间表，下午约了剑桥大学出版社的人来谈自己即将出版的新书，中午只有40分钟吃午饭的时间了，只能到对面的学生餐厅随便吃点东西了。哈瑞从电脑显示屏下抓起七八个整整齐齐码在那里变成圆柱状的一摞子面值一英镑的硬币，起身出门下楼去对面咖啡店买三明治和咖啡。不知道是不是所有英国人的午餐都如此简单，校园里、马路上、写字楼和公园里，最常见的午饭就是三明治、苹果和咖啡，好多人边走路边吃。

陈先生说他刚来英国的时候实在不敢相信：大中午的，英国佬怎么不吃饭呀？两块三明治一个酸苹果的，还都长那么人高马大的！后来才知道，人家的早晚餐其实都挺丰盛的，中午就是简单凑合一下了。

人文艺术学院的办公楼外，四周全是草地和参天大树，长着滴溜溜大圆眼睛和毛绒绒胖尾巴的小松鼠们到处跑来跑去。

办公楼内的大厅是中空的，在靠近教学楼入口的地方，玻璃钢材料的楼梯呈螺旋形盘升而上，在二楼的拐角处，正好多出来一小片椭圆形平台，平台上摆设了一架挺旧的斯坦威三角钢琴，黑色琴盖上洒落了几滴美术专业学生不知什么时候甩在上面的油彩。也不知是故意还是不小心，那落在乌黑发亮的琴盖上的好几种颜色浓稠地调在一起，已经分辨不出到底哪是主色。应当很久了，没办法擦掉，就一直这样放着，时间长了也就没人在意，好像就应该这样。

大厅屋顶是艺术设计系学生们自命不凡的作品。穹顶被设计成类似教堂窗户的彩花玻璃，细看却都是些完全不规则的图案和形状，像被子弹打穿过，又像抽象派画家搞出的连自己都看不懂的画作，总之是奇怪但不狰狞，有点像闪电出其不意地撕开夜晚的天幕。阳光好的时候，亮晶晶的非常美，阴天下雨的时候，湿漉漉的挂着层忧郁。

哈瑞从玻璃钢的旋转楼梯往下走的时候，碰巧从一楼的大落地窗看到了静好正站在草地上和一个亚洲男生在说话。不知道为什么，他马上就站住了，想等"真好"他们走过去，自己再出去。

"真好"上周来他办公室上课，说的话让他很是惊喜。静好说："语言是人们的历史、文化、行为习惯的累积，不是简单的说话，所以我开口对您讲英文，总是觉得要好好斟酌，怕讲了很好笑的话出来，就是意思您懂，但是说法很怪，那样你会笑我！"

哈瑞马上说："没关系的，我不会笑你，你也不必介意！"

静好却摇头，又认真地说："我们来自不一样的语言和文化传统，交流起来就好像总在隔着一条河说话！总是想要选最响亮最清楚的词语来表达，而且，有时候要很大声，有时候要伸胳膊撂腿的，用肢体语言加上比画。即便这样，有些时候还是要互相猜的，猜的还会出错！"

哈瑞大笑。他在欧洲各地和美国教过至少几百个国际学生吧，还从来没有哪个外国学生跟他说过这么有趣好玩儿的话，来描述和形容不同文化背景下的"语言交流与沟通"。

哈瑞又告诉她，不怕，很巧，自己读硕士的时候，读的专业就是"语言学"，所以有什么语言上的问题，也可以尽管问他。静好好像终于得逞了一样开心地说："那我太有运气了，遇到您！"不知道为什么，短短这一堂课之后，哈瑞觉得在自己的心里，静好和其他学生有点儿不太一样了。

其实，从一开始给静好他们上课，哈瑞就没有把静好看得和其他学生完全一样。静好猜得没错，哈瑞的确曾经有过一个韩国女友，一年前分手了。

之后，哈瑞总是下意识地想寻找东方女人做朋友，因为，东方女人无论在精神上还是面容上，还尚存点温柔气息，不像他的第一个美国太太，无论表面上还是内心里都是真的特立独行。他的前妻是个独立电影人，自己找钱，自己选题材，自己拍电影，甚至自己找发行渠道的那类制片人。她最热衷于拍泰国骚乱、非洲霍乱、利比亚动乱、阿富汗战乱之类的人类重大题材。反正就是地球上哪儿最乱，哪儿最吸引眼球，她就要去拍哪里，不管死活。最要命的是，她每次外出都强烈要求哈瑞随同前往，不管请假还是休假，反正要以此来体现家庭的温情。

问题是，哈瑞乐意吗？哈瑞跟着她的剧组去过一次柬埔寨，去过一次尼泊尔。在柬埔寨哈瑞吃东西不小心，拉了 3 天肚子；在尼泊尔又险些遇上雪崩。事后他说，能活着回了美国西海岸他们加利福尼亚的家那都是万幸。哈瑞就不是那种喜欢四处游荡，千辛万苦也要面对面地寻找不幸、灾难和动荡的人，他更愿意坐在一台电脑前挥斥方遒。

之后，哈瑞坚决不同意跟随太太的剧组满世界地跑了，他知道那种生活绝对不是他的 style（风格、路数、活法儿）。哈瑞是一个典型的有点沉闷的教授，一个除了上课话不多的人，他的生活应该像钟摆一样准点规律，像他的学术著作一样尽量严谨利落。

他研究电影，当然也涉猎电影的前期创作和后期制作，最重要的还是最终完成的产品，观众从影院买票看到的那个。他只要上嘴唇下嘴唇一碰，电脑键盘噼里啪啦一阵忙活，就可以创造出不少理论，可以把一部部电影套进去或者甩出来，给他们排队归类，分析得头头是道；连电影导

演和制片人本人都惊叹自己当时拍的时候怎么就没有想到原来是这样的啊！所以，如哈瑞这样的学者，是压根儿就没有必要去遭那份罪儿的。只要是这世界上还有人在拍电影，哈瑞就有事情做，就有文章写，就有东西讲，就有饭吃。

说完哈瑞和他原先的太太，再回到人文学院二楼的那个摆放斯坦威三角钢琴的小平台上。哈瑞面前，落地窗户外面的草地上，静好和她读预科时候的日本同学米祖扣偶然在校园里遇见，好久不见了，他们站着聊一会儿天。

正说着话，突然静好发现刚刚从脚下蹿过去的那只松鼠个头儿大得出奇。毛绒绒的松鼠们常常在校园里跑来跑去，但是今天这只几乎是平常看到的那些松鼠的两倍大。她童心大发，叫米祖扣帮忙和她按住胖松鼠，要摸摸尾巴。米祖扣也对那个大毛球特别感兴趣，只是那松鼠哪有这么容易被抓住？于是两个人就在大草地上围着胖松鼠绕圈子。大毛球最后不堪这俩人的搅扰，敏捷地跳着爬上树了，得意地蹲在枝杈上朝下望他们。静好和米祖扣只好恋恋不舍地放弃。

等静好和米祖扣走了，哈瑞这才下了旋转楼梯，步出了大门，穿过静好他们刚才试图逮松鼠的大草坪，到对面的学生快餐厅和咖啡店买三明治和热咖啡。

回来时，哈瑞一手捏一只青苹果和一盒三明治，一手端着热咖啡，路过刚才静好他们追松鼠的地方。他忍不住朝松鼠爬的大树树干上看了看。眼光收回来的时候，他突然发现树下竟然闪出来一个人，是静好！

静好没有看到他，她仍然在围着大树干绕圈儿，低头仔细寻找着什么东西。哈瑞确定是静好后，立刻转过头，假装朝自己办公室窗户的方向瞥去，准备自顾自走掉。但是他又忍不住，再次转过头去看看，好奇她到底是在干什么。巧的是，静好也恰好在这个时候抬起了头，而且完全没有目的地朝哈瑞站的方向瞥了一眼。就在这一瞬间，不早不晚，他们好像都是在无意中看到了对方，又好像都是蓄谋已久的。四目相对，静好心里"砰"的一动，小鹿乱撞，她完全不知道该开口说话还是不该说话？说什么？Hello？Hi？（哈喽？嗨？）

不过，哈瑞马上很老练地控制了气氛，平静地和郭静好打了个招呼，温和但是面无表情地问她："在找什么重要的东西吗？需要帮忙吗？"

静好一时显得笨拙并且不知所措，而哈瑞却是成熟稳当老练。静好定定神儿，略一思忖，说："是的，是我的 U盘不见了！里面存了一些作业，很重要！包括下周要交给您的作业！不过，我自己找就好了，不必麻烦您！"

"哦。"哈瑞顺手把三明治、苹果和咖啡都放在旁边的巧克力色木条椅上，和静好一起找起来。

郭静好一直都在用自己脚上穿着的黑帮白底球鞋拨拉落满地的树叶，用一双散光加近视眼费力地来观察和寻找。而哈瑞就不一样，和女的相比，他们男的大概从小就喜欢和擅长借助工具。比如说，很小的男孩儿就喜欢枪和小汽车这些东西，并且善于操纵它们；但是小姑娘呢，大多数还是爱自言自语地摆弄布娃娃。

哈瑞先是找来两条小树枝，一条稍短点的递给郭静好，另一条稍微长一点的给自己用，然后他用小树枝帮静好翻开大树底下的草丛，特别是那些草比较厚实的地方，仔细查找里面有没有藏着她的U盘。

两个人就这样围着树低头找了两圈，树下除了松针、树叶、松球和麻栎子，并没有发现别的东西。突然，静好想起自己的U盘应该是放在牛仔裤后口袋里了。她悄悄一摸左屁股后面，确实有个小凸起，还能摸到U盘上系着的迷你尺寸宝葫芦玉石坠子呢。当然是在北京买的！果真在！她很不好意思，刚想开口对哈瑞说，忽然一旁传来东西倒地的声音，是哈瑞的咖啡被另一只淘气的小松鼠打翻了。大号牛皮纸色的咖啡纸杯已经倒扣在地上了，咖啡洒过的草丛漾起一小片薄雾，有的叶子还正在滴咖啡珠子。

静好更不知道该怎么说了，一边赶紧跑着去保护青苹果和金枪鱼三明治，一边很不好意思地对哈瑞说："其实我那些作业在电脑里也应当是都存了一遍的，所以，不必麻烦您了！您还是快吃午饭吧！真抱歉，您的咖啡已经没有了，我再去给您买一杯吧。"

哈瑞连说"不必介意，不必介意"，一看表，已经只有 20 分钟了，出版社的人就要来了，他赶紧拿着更加简单的午餐回办公室。

哈瑞从旋转楼梯走上去的时候，静好已经从外面的草地上离开了。哈瑞走到二楼平台那架老斯坦威三角钢琴那里，站住了，透过透明的玻璃墙往外张望，但是他看不到她了。

哈瑞暗想："哎呀，我今天这是怎么回事呀，和'真好'一起找起 U 盘来了！"这样想的时候，难免觉得自己似乎有悖于一贯严肃的导师形象，情不自禁悄悄摇了摇头。但是他又马上在心里面说服了自己：帮自己的学生找找存作业的 U 盘，也没有什么奇怪的嘛，毕竟 U 盘算是学习用品，是她存资料和作业的呀，我又不是和她一起找掉落在草丛里的珠子项链或者是彩色指甲油之类的怪东西！那样的话，肯定就不太合适了！

就在哈瑞这样想的时候，郭静好正穿过海丁顿山校区和莫若宿舍区之间的一条叫若岚道的山路。沿若岚道回家的路是个大下坡，左边是海丁顿公园里的森林，右边就是莫若宿舍区里的一小片两层的砖结构独立小屋。

30 岁出头的郭静好一蹦一跳连跑带走地朝着马斯汀路

方向走去。她得走将近 20 分钟的路回家，天天都要走这条
路，今天却不知道为什么这般心花怒放。走得太快，她脸
颊上还渗出了汗珠，透出了红晕。

南涌镇：哈瑞前女友

在哈瑞给我们做了讲座后，接连好几天，我晚上睡觉总会把静好给我讲过的一些故事像乱穿衣那样混搭起来变成逼真的梦境。

甚至连那个一开始被郭静好叫成"南永真"，其实人家真名叫"南涌镇"的韩国女人，也跑到我梦里来了。我梦见的她，勤劳善良勇敢，一双眼睛细细长长，脸盘儿大大满满的，和第一个在国际空间站工作的韩国女飞行员长得很像。

那些故事，像电影一样在我的睡梦中闪现，故事里的人整夜和我说话。不过，真实的南涌镇，其实是个不求永远但求曾经的新新人类。这些，在郭静好回国 3 个月之后又回牛津来参加法国女同学梅奥的婚礼时，她才告诉我。

韩国女友"南涌镇"的故事，是静好和哈瑞在牛津重逢，两人在一家餐厅吃饭，哈瑞忍不住对她讲起的。

南涌镇在韩国做过餐厅歌手，她20岁来到英国，起初先在伦敦一家语言学校学习，打算通过语言考试后申请一所大学读"作曲"专业或者学"艺术设计"。

说起来，南涌镇的家境和生活实在让人感到不轻松。13岁父母离异之后，她一直和父亲生活在一起，但是16岁那年她父亲有了新的家庭。面对继母和继母带来的弟弟妹妹，她总觉得自己显得有些多余。南涌镇只好去找母亲。没想到母亲当时已经通过一家婚介所介绍，准备远嫁到英国，打算和一个英国籍的华裔广东老头儿组成新的家庭。

南涌镇只好和奶奶一起生活了几年。谁料想几年后的夏天，70多岁的奶奶出门买菜又遭遇车祸去世。幸好她母亲当时已经在英国安顿下来了，她就来伦敦投奔母亲。她母亲和华裔继父住在伦敦的唐人街——中国城。继父是开洗衣房的，家里还算殷实，但是这些和南涌镇没有多大关系。

南涌镇半工半读，在伦敦大英博物馆附近繁华地带的一家韩国餐厅做女招待。那家餐厅有着一个很中国的名字，叫"食道馆"。

"食道馆"3个字赫然用中文汉字的魏碑体书写在一块两米长半米宽的浓咖啡色的木头牌匾上，两边还配有八卦图、祥云、凤凰鸟、仙鹤之类的东方文化意向符号雕刻图案，而饭店的英文名字却直白得很，就叫 Eat Here（"食在此"，或"在这儿吃"）。这两个英文词儿同样是用魏碑体风格的金粉毛笔字，简简单单地书写在牌匾的下部。

在"食道馆"做晚班服务生的时候，南涌镇结识了一个经常在晚上9点多钟去吃饭的英国小伙子。小伙子无论长相还是穿衣打扮都是地道的英伦范儿，彬彬有礼，声音浑厚，人高马大，身材魁梧，一口纯正伦敦音，年龄比她大一岁，脸上线条如石雕刀刻般俊朗优雅，一头蓬松的齐耳棕色头发还微微带着卷儿。那真是令好多亚洲姑娘最着迷的不列颠 style。

这英国帅哥不光外表吸引人，也很大方。每次都留给南涌镇5英镑、10英镑一张的小费。他经常晚上9点多吃过饭后一直坐在店里等她下班。等南涌镇换下制服，他就会两眼放电，轻轻一扬下巴，邀请她一起去隔壁的西班牙酒吧里喝点小酒。

交往了一段时间，他们成了男女朋友。不久，南涌镇怀孕了。虽然她不想做未婚妈妈，但是英国帅哥也不想结婚。帅哥告诉南涌镇，和他结婚最实用的好处就是可以拿到一本英国护照。但是因为母亲的缘故，南涌镇已经有了英国护照，所以，就没必要结婚了。如果他们不结婚，作为单身母亲，南涌镇和孩子还可以向政府部门申请社会补助。要是结婚，这笔钱可就没有那么容易申请到手了。

对于刘宗宗们那些在英国随处可见的"不差钱儿"的

"中国大陆富二代"们来说，南涌镇他们想要的这笔救济款实在不算是什么大钱，恐怕连小钱儿都算不上。据说，还没有陈太太每月800英镑的"学术补贴"多，但是换算成人民币那可就是每月将近一万元钱，换成韩国钱，那更是上几百万韩元了吧。而且每个月都可以准时准点地发到卡上拿到手里，比领退休金还妥实稳当些。

在英国吃穿用度的必需消费其实并不比现如今的中国大城市高出多少。要求不高的话，只要不是天天消费大量有机蔬果，基本的日常生活开销，这800英镑真是足够用了。

帅哥还指引，等有了孩子，只要是单亲妈妈，南涌镇还可以递交申请，免费住政府提供的宽敞又明亮的保障房，再申请孩子免费就近上学，等等。思量一番之后，南涌镇最终接受了男友的建议。于是，一家三口就开始靠吃救济过日子了。

这个男人，可并不像他一开始对南涌镇说的那样是在伦敦"搞金融"的。他压根儿就没有稳定的工作，也并不是天天出门上班。他一会儿说在航空公司，一会儿又在证券交易中心，改天又成了猎头公司的经理人，谁也不知道他到底是干什么的。有了女儿以后，南涌镇连餐厅服务员也做不成了，完全是她一个人带孩子。买菜烧饭、吃喝拉撒、穿衣戴帽、洗衣洗澡，每天都慌张忙乱得不得了。就这样过了六七年后，大概遇上中国人常说的七年之痒，犹太人说的一个小循环周期，有一阵子两人经常因为些鸡毛蒜皮的小事儿吵架。结果某天晚上伦敦帅哥没回家，一周后他的手机号码变成了停机，从此他人就这样不见了。

哈瑞在一个英国年轻人中很流行的交友网站上和南涌镇遇到，他们互相匿名聊天，聊了好久。南涌镇发了狠将自己一张黑纱短裙的热辣照片贴到了头像处。哈瑞则根本就没有敢挂自己的照片上去，因此他的头像部位始终是个黑色剪影。他每次只用个类似游客 H 之类的网名蹑手蹑脚地登陆。毕竟，哈瑞是有名望的教授，在线聊天交友的网友里不知道有多少人就是他现在的或者曾经的学生呢。

英国人虽然嘴上总说不管老师还是学生，大家都平等，从来不提"师道尊严"这一说，但是其实他们观念里一定是有的，而且很深刻。大学里很多中国学生都深有同感：和我们在中国念书一样，英国老师的面子那是大过天的，如果学生敢当众不给老师留面子，那你就等着瞧吧。

再说南涌镇在交友网站上贴了性感照征集男友，条件之一是要有稳定收入，条件之二是人不能说不见就不见了。若要分手，须提前充分沟通。而这些，沉稳、得体、绅士派的哈瑞当然轻而易举都能做到。

南涌镇在网聊中讲述的自己的故事和经历深深吸引了哈瑞。对他而言，她真的来自一个完全不同的世界。但是

哈瑞不想承认也得承认的是，最吸引他的其实是南涌镇的黑纱短裙照片。

拍照片时才 19 岁的南涌镇，当时在首尔一家餐厅里做兼职歌手。她身材矮小，虽然不能算凹凸有致，但是苗条小巧，眼睛上用黑炭色和金色眼影画着烧伤妆，神色忧郁地怀抱一把白色电吉他。那黑纱裙子短得实在不能再短，还有意无意露出大腿根儿金色的渔网花纹连裤袜上平角裤一般的最深色的一小段。金色渔网袜和黑色短纱裙的搭配，如果是穿在上了年纪的熟女身上或者是哪怕尚在豆蔻年华的胖姑娘腿上，都难免恶俗，但是一个豆芽菜一样的瘦姑娘穿着，反而让人感觉到她伪装性感的可爱了。

哈瑞已经是有成就有名望的教授，但是男人还是会被短裙吸引。不管他念过多少书，写过多少书，教过多少书，只要他是个男人，还是会被吸引。而且似乎越是年龄大，越容易被年轻的短裙所吸引。何老师说，这是再正常不过的生物学规律。

从美国离婚回英国后，孤身一人专心工作已经快半年了，这是哈瑞第一次想交个女朋友。和南涌镇在网上聊了好多天之后，他们约好时间和地点周末见面。45 岁的哈瑞，穿上了淡紫色条纹的短袖衬衫，再套上一件深蓝色的苏格兰薄羊绒背心，胳膊上挂着浅驼色的双层 Burberry（英国品牌名博柏利）风衣，在深咖啡色厚防雨布面料的

Kipling（比利时品牌名）斜背电脑包里再装上一本小说、两本期刊和一把墨绿色与黑色双色方格图案的木杆 Burberry 三折雨伞，他就去赴约了。做博士后研究的时候，哈瑞在伦敦生活过 3 年，他知道这个季节伦敦可能会常常下雨。

他们约会，并不去格林尼治火车站附近南涌镇住的政府免费房，而是直接约在一家酒店见面。酒店是南涌镇选的，距离伦敦繁华的购物区牛津街（Osford Street）很近。周五晚他们第一次见面，周六上午南涌镇就心安理得地用哈瑞的银行卡在牛津街上的各色专卖店里买了好多新衣服、包包还有饰品。

哈瑞并不像艾米所说的那些英国男人，他算得上慷慨。他喜欢看南涌镇买了新衣服后开心的样子。在哈瑞这个西方男人看来，已经 28 岁的南涌镇依旧像个十八九岁的小姑娘，除了身材不算高挑，别的还真没什么可挑剔的。

他不太在乎她花他多少钱，反正他光教书一年就有 6 万多英镑的收入，还有出书的版税收益，每年光缴的税也比南涌镇领到的救济款多些。这是他们两个人第一次见面。哈瑞临从牛津出发前，从自己的网银账户上转到银行借记卡上 3000 多英镑，在酒店付完了两个人两天的房费后，借记卡里面还有 2600 多镑。由着她刷吧，他很希望以后常常和她见面，真正做她的男朋友。

南涌镇已经好久没有这样开心了。她从一家商店里出

来，给坐在街头木椅上看着书等她的哈瑞展示一下自己刚买到手的几件新衣服和新鞋子，突然又发现前面那家商店的长裙买第一件后第二件就可以打七折，于是忍不住又流连到橱窗外。哈瑞一见她犹犹豫豫的样子，就真心实意地往店门口轻轻推她，示意她接着进去选呗。反正都是些全英国每个城市都有的中等价位的高街品牌（英国每个城市几乎都有一条高街 High Street，往往是当地的中心商业街，高街上的流行品牌店就叫高街品牌），又不是那些要提前定制的限量昂贵手工货。

南涌镇高兴倒不全是因为哈瑞肯为她花钱，而是好久没有人这么放任她了。特别是有了女儿以后，她自己似乎也不太敢放任自己宠自己，一切都要以女儿为主。她既不敢乱花那点儿救济款，也不敢奢望没有固定收入的孩子她爸会对她多好。幸亏女儿的姥姥经常给带些好吃的来，顺手买些日常用品。

那天一上午，从 10 点钟商店开门到中午吃饭的 3 个多小时里，在哈瑞的鼓励和怂恿下，南涌镇一口气花掉了 2300 多镑，拎着大大小小十几个购物袋心满意足地往回走。中午，哈瑞还让南涌镇领路，专门去大英博物馆附近她曾经工作过近一年时间的那家韩国餐厅"食道馆"吃午饭。

哈瑞很想看看那里到底是什么样子。他很好奇，从一开始在网上遇到她的时候就很好奇。他很想知道南涌镇和伦敦帅哥是在怎样的环境里相识的。也许做学问做得多了，哈瑞对什么事都有点研读或者说钻研的心理，难免迂腐刻板，不过有时也很单纯可爱。

南涌镇13岁青春期刚开始时赶上了父母离婚；16岁青春期正当时父母亲又各自再婚；19岁青春期还没过完，最亲爱的奶奶又突然遭遇车祸去世……亲近的和宠爱她的人在她整个的青春期里变得越来越少。贯穿她青春期的似乎都是些让人快乐不起来的事情。南涌镇当然也就没法子像有的姑娘那样，滋润滚圆地绽放在青春期的阳光和雨露里。南涌镇学会的是，平静地面对和接受她并不想要的现状，或者干脆就装作看不见眼前发生的一切。

20岁刚来英国那年，她在打工的那家伦敦餐厅遇到第一个英国男友。那天他吃完饭她去收盘子，他主动递给她5英镑小费。她看看他，他对她眨眼睛示意她拿着，她真的很开心。很久了，印象中，除了奶奶，没人主动给她零花钱。无论是爸爸还是妈妈，都快把她忘了。后来又听那帅哥讲自己是"搞金融的"，南涌镇除了开心，还真的"动了心"，以为自己遇上了一支潜力股。按照珍妮的说法，难道不成是遇上了自己的那只"青蛙"？

珍妮的丹麦朋友们都说，一个女人遇到的500个"青蛙"里，才有一个是"对的"。也就是你的真命天子是你所认识的500个男人中的一个，比例实在是小得可怕！而且，

按照那帮子欧洲大姐的八卦言论，有的人或许一下子就能遇到，而有的人经常会大家对面坐着相见不相识。但是老老实实等500只"青蛙"擦肩而过后，自己的那个迟早会有缘再见面。这些大概都是童话里"爱情的考验"。听了珍妮说的，我才发现，好多童话故事原来是教人学会忍住寂寞和默默等待的。

哈瑞对南涌镇则有点父亲溺爱孩子的意思。哈瑞的医生早在10年前就告诉哈瑞，他的功能没有什么障碍，只是，他恐怕当不了父亲。那之后，凡是遇到胸脯高大，神态特别母性的女人，哈瑞马上躲得远远的。反而像南涌镇这样干干瘦瘦的身材，倒让哈瑞对她顿生怜惜。加上她小小年龄就经历了这么多乱七八糟的人生故事，哈瑞对她就更加宽容和大度起来。

哈瑞似乎和"生活在英国的台湾女人艾米"所说的那些"绝对不能嫁的英国男人"完全不同。只能说，在这个世界上，人原本就是各色各样的，你是慷慨宽容还是小肚鸡肠，你是绅士派还是猥琐派，你到底是哪一种人，这恐怕和你是哪国、哪地区、哪族人并没有绝对和必然的关系。

哈瑞和南涌镇能互相吸引，开始交往，是因为他们两个来自完全不同的世界，而分手也是因为两个人的世界实在是太不一样了。

一年多的周末约会开展得很顺利。哈瑞甚至和南涌镇的黑头发蓝眼睛的女儿也相处得很好。五六岁的小姑娘非常喜欢他。哈瑞每次见面都给她带可爱的绒毛玩具或者糖果礼物，还曾经专门在复活节假日带她去温莎城的乐高乐园里，痛痛快快地玩了一整天。

可是突然，南涌镇的前男友，孩子的爸爸又回来找她们娘俩儿了。南涌镇于是赶紧发邮件跟哈瑞取消周末的约会。接二连三取消约会，哈瑞当然觉得不对劲，他追问原因，南涌镇总是不及时回答。拖个四五天，又快到周末的时候，她才给哈瑞回复一封邮件。这周说自己正在复习功课准备选一所大学深造，下周又说自己打算到一家餐厅应聘。总之，就是你暂时别来伦敦见我了，我没有时间，咱俩的美好关系暂停了。

哈瑞其实猜到了原因，他从 Facebook 上，看到了南涌镇更新挂上去的好多照片，全是南涌镇和女儿还有孩子的爸爸在伦敦海德公园里一家人其乐融融玩耍的相片。右下角的日期显示，都是他被通知不要去赴约的周末。哈瑞猜得没错，那高分辨率的日本牌子、中国制造的相机还是南涌镇刷他的银行卡买的呢。

哈瑞心里挺难过的，但是没办法。他下决心要翻过这一页。就像尼古拉斯凯奇和他韩裔太太的传奇爱情一样，偏偏会是一个不认识他是大明星的女招待能把他深深吸引。大概越是来自另外一个世界的人，对你所干的事情完全不

了解，越会让你获得真正的轻松。

　　哈瑞在自己的世界里每天也被很多人有意无意追捧烦扰着。学生们围着他请教，出版商向他要书稿，还要去参加那些没完没了的学术会议，发表有聊无聊的讲座，应邀出席些必须去的新闻发布会，或者接受记者采访给某人的新片或者新作做点可有可无的好评，等等。他自己难免需要作出个约定俗成的不苟言笑的严谨教授或是风趣幽默的深沉学者的模样，时时处处都有着一条又一条的言行标准和拍照一样的"咔嚓咔嚓"形象定格。

　　但是和南涌镇在一起的时候，这些就荡然无存了。哈瑞就是个男的，有稳定收入，他能给女友买衣服，买高跟鞋，买平底靴，买死贵的 80 英镑一双的哈瓦那人字拖，买 Burberry，买 LV（法国品牌名），买 Gucci（古琦），买 Dior（迪奥，法国品牌名），买 CHANEL（香奈儿，法国品牌名）……买一切他买得起的被郭静好戏称为"Made in 中国的欧洲国货"的，但却是亚洲人尤其是 20 个世纪 70 年代的日本人，90 年代的韩国人，和当今的中国人趋之若鹜的那些个"国际品牌"；他给她买大的、小的、中不溜的，肩膀背的、胳膊挽的、手拎的、手抓的，亚光做旧皮面的、镶嵌夺目水钻的，有用的、没用的各色包包；买人工的、天然的、珍珠的、泰银的、铂金的，粗的、细的、长的、短的各种项链；买 Swarovski（族华洛世奇，奥地利品牌名），买 Brookes，当然也买 Martin（马丁，英国品牌名）和 Cartier（卡地亚，法国品牌名）这些在亚洲国家里要翻上好几倍价格的珠宝首饰；买玻璃的、钻石的各色耳环、耳钉；买黑的、红的，深色的、浅色的各式口红和指甲油；他给她买香水，买法国般浪漫情调的、英国般优雅格调的、美国般热辣放肆的，买橘子味道的、橙子味道的、苹果味道的、草莓味道的、葡萄味道的、西瓜味道的，买薰衣草、紫罗兰、栀子花、玫瑰花、常春藤、李子、茉莉、兰花、鸢尾、依兰、天竺薄荷的，买甜的、腻的、老实的、挑逗的、白天用的、专属夜晚的各色香氛；买厚的、薄的、宽沿儿的、鸭舌的、草编的、麻质的各种帽子……当然了，还要再陪着她一起去买些个颜色很搭配的羽毛和花朵，像一直以来的英国女人们热衷做的那样，装饰起那些美丽的帽子……

他真不敢对自己和任何人说，用自己令人羡慕的无忧无虑的教授薪水和稿酬，去买那些个她所喜欢的乱七八糟的花哨玩意儿，看她笑看她高兴，一度似乎就是他作为她的男朋友存在的意义。至少在她笑和高兴的那一两分钟里。有她的陪伴，哈瑞也度过了不少快乐的周末。

只是，回想起来，很奇怪，她竟然从来没有用他的银行卡买过哪怕一个戒指，就算是 Swarovski 的那些个异常璀璨、卡通和硕大的彩色水晶装饰戒指，她都没有试戴过一

次；而他也一次都没有开口说过打算送她一枚戒指。

或许，哈瑞也曾经希望自己的意义再大些再多些，他把自己已经被翻译成韩语的两本书作为礼物送给南涌镇，还精心在牛津市中心的老街上寻到一家有百年历史的礼物包装店，给书们拦腰系上了浪漫夺目的粉红色宽丝带。但是南涌镇回家就把它们扔到了浅咖啡色的仿古条纹木头茶几上。她连一页都没有翻过，丝带甚至也从未解开过。

那个茶几和茶几上的青花瓷中国茶壶也都是上一年复活节打折，她刷哈瑞的银行卡买回来的。对南涌镇来说，哪怕是两盒太妃夹心巧克力呢，也比两本书更有吸引力，更何况，还是些所谓的学术著作，翻一页她都嫌头疼。

可是哈瑞一往情深，在他们交往期间，他甚至在另一本新书即将付梓之前，又发邮件给出版社，坚持在扉页上加上了一段有 Nan-Yon Zen 名字的感谢辞："To Nan-Yon Zen，感谢她在我写作这本书期间，给予我的情感上和道义上的支持！"正是郭静好那天在图书馆里看到的那段。

哈瑞决定，还是翻过这一页吧。不是他想翻过这一页，而是南涌镇不给他任何消息了。就这样持续了将近一年，直到郭静好突然出现在他的教室里。

和南涌镇一样的是，郭静好的脸上，也有一股温柔的气息。不过，郭静好比南涌镇好看，她更高挑，笑起来总带着点害羞的表情，浅浅的笑意，浅浅的害羞。但是从南涌镇身边走过，她焦黄的头发上散发着呛人的烟味，而从郭静好身边走过，她浑身上下不仅没有烟味，反倒有股Body Shop（美体小铺，英国品牌名）里红色柚子擦手油的味道，甜甜的水果香。

哈瑞第一次看到静好时，就条件反射一般迅速把他面前的中国女生郭静好和他的前女友韩国人南涌镇这两个同样都是黄皮肤黑眼睛的亚洲女子偷偷做了几项比较（对他而言完全是下意识的反应），不多的比较项目中甚至包括了她们的味道（简直像对比两只芒果一般）。但是面对学生们，哈瑞脸上总能保持着自信、平静，甚至是带点儿孤傲冷漠的表情。当然不会有人知道，他那么严肃而淡然地看着大家，手里还托着当天的厚厚一摞讲义，心里想的竟然是两个女人的气味、肤色等等异同。

静好：只在心里，不好吗？

从第一次在教室见面之后，经过了八九个月，哈瑞才逐渐和郭静好交往到熟悉得可以稍稍超越点师生关系，把自己的个人信箱和电话全都告诉她的地步。

从那时起，郭静好就开始纠缠我和张意蕴，非让我们给她出主意，该和哈瑞怎么办！

我经常给她泼冷水："冷静！也别让我们出主意！你北京家里的那只青蛙又肥又美那么好，你不好好珍惜，别人会抢的！叫人抢跑了，你找我们哭都来不及！再说了，你又能和哈瑞怎么样？你敢和他怎么样？敢玩火吗？要是你没结婚的话，倒是可以自我解放一下，但是你是有青蛙的人了，所以干脆断了念想吧！"

张意蕴在这件事情上从来不和静好啰唆，经常斩钉截铁地说："郭静好，我相信绝对不会有任何结果！你就是一时冲动！盲目崇拜！听我一句：集中精力抓学习才是硬道理！赶紧弄完功课回北京！"

"我又没有不好好学习！我多用功呀我！我冲什么动了我？我够冷静的了我！换了是你们自己试试看！是你们让我好好享受第四类情感的嘛！说实话，我当然希望他喜欢我，但是，我又不可能和他怎样的，因为我爱我老公和儿子，不过，我又真的挺喜欢哈瑞！欣赏他，仰慕他。你说让我怎么办？"郭静好常常这样宣泄她的情绪，常常要无赖，翻来覆去她都很有道理。

那时张意蕴还孑然一身，在一旁啧啧个不停，发牢骚抱怨为什么世道不公，苍天在上，她一大把年纪了怎么从来就没有碰上这等桃花运。

"那可千万别一时冲动，和他做出越轨的事儿呀！"我有一次对静好说，又有点像喃喃自语，都不知道自己为什么会突然说出这些话。

"这都已经快精神出轨了，她还要怎样！"张意蕴冲着郭静好皱眉头撇着嘴。

我又出主意说："这样，我看你们呢，就一直停留在精神层面最好！因为，如果你们之间一切都发生了，万一，他很好，你知道我说的是什么的哦，就是他那方面或许很好，那你就麻烦了，你大概就会想一直和他在一起；但是如果他不怎么样，那你又麻烦了，你大概就会觉得冤枉得很，白出轨了！我是说，你一定会不自觉地拿他和你老公作一番比较的！"

"啊！什么呀！你这算出的什么主意呀！好像你自己多有经验似的！简直越讲越流氓了！她就是好自为之，敢做敢当！哪里来的那么些啰唆！"张意蕴一个大巴掌扇过来，在我屁股上啪啪打两下又狠掐了一把，猝不及防，我嗷嗷大叫，整个人都疼得跳起来了。"怎么打人！我不也是从书上看来的嘛！人家讲的是科学，你就知道打人！要么就是嚷嚷'好自为之'，简单粗暴！"

"放心吧你们！我不会和他怎么样的，那样做就没有意思了！只有这样，很单纯地仰慕着和喜欢着，才好，才是简单纯粹的！"谁知道我们吵闹一团，人家郭静好这边却又变成一脸老单纯的表情，平静无比地对我和张意蕴说。

"其实要是你们都能做到这样，就真的很好！我突然有点嫉妒呢。"我真心地对静好说，不管张意蕴在一旁用白眼瞄我。

因为仔细想想，一个人，一生中能遇到几次这样的感情呢？只要互相不伤害了对方，又不伤害对方的家庭和生活，能把这种很纯粹的喜欢变成长久的相互欣赏，不是很好吗？干嘛喜欢了就非要生活在一起？或者明明爱，却装作没看到？能够这样去面对，不是很好吗？

"我突然觉得，感情真的是分很多层面的！"我逐渐要完全站到郭静好这一边了。

后来静好顺利地通过了大小论文和所有科目的考试，

如期在那年的秋天回中国了。

临走的时候，哈瑞对她说："你一定要走吗？要是你一定要走，我只好提前对你说，如果你同意，我借用你把电影分成两类的标准，把我遇到的学生们也分成两类，而你，我一定是要放在第二类里面的。"哈瑞说的时候并不去看静好的眼睛，低着头，不知道他在看什么。

曾经在一次单独授课的时候，哈瑞和郭静好讨论过什么是好电影，什么是一般的电影。

静好当时说："很简单，就是看的时候，或许很刺激很丰富，但是看完后渐渐淡忘的或者快快就忘掉的，那就是一般的或者说不好的电影；但是，看的时候或许平淡，看完了却久久也忘不了，甚至一辈子都忘不掉的，这就是好电影。我的标准就是这样。"静好对电影的判断有点简单粗暴，不打算借助任何理论依据加以分析后再给结果，但是，仔细想想，静好的也不无道理。

静好说那天她是专门去他办公室道别的，当时天色向晚。哈瑞对她说"借用你的标准，我一定是要把你放在第二类里面的，我想，我大概以后也没有办法忘掉你……"的时候，他们已经从办公楼走出来，走到了校园里那棵参天大树下。光线昏暗，哈瑞大概不会看到静好眼神一颤。

哈瑞从咖啡色的大书包里抽出一个信封，递给静好，那里面装着一本牛津风景的新年日历，在每一个日子下都

有一块不大的空白，可以记下每天要做的事情。

　　哈瑞对她说："但愿它可以帮助你回忆起你在牛津读书的这两年时光，还有那些你曾经走过的街道。我喜欢日历封面这幅宽街上谢东尼大剧院的油画，所以选了它送给你。还有，你不觉得吗，剧院上空的云彩和蓝天是最典型的英格兰的天空。"

　　他说这些的时候，她都不敢抬头去看他，怕自己会真的掉下眼泪。他们自始至终连手指头都没有碰过，但谁知越是这样，这份情感留在心里越是长久。

　　"我们清楚地感觉到互相被吸引，但是又都清楚地知道大概不会有任何结果，却又悄悄地希望或者说等待着对方会有稍微过分一点的表示，但是似乎又都在担心着什么……其实，这种感觉真的挺美好。因为，如果人生全部都是你想怎样就怎样，喜欢了就要亲嘴拥抱上床睡觉，一点纯粹的精神层面的故事都不发生，活着又有什么意思呢？能看得到和摸得着的东西，并不是生活的全部！我们，还有'心里'！"

　　我问过静好："那，你有没有想过，就留在英格兰算了，放弃你原先在中国的生活，留下来和他重新开始？"

　　静好想了想，摇摇头，说："从来没有！"然后又反问我："只放在心里，就这样，不好吗？"她说的时候，也和哈瑞对她说"我一定会把你放在第二类电影里"一样，并不看我的眼睛。

哈瑞 3：真好，十年后你会在哪里？

伦敦？牛津？还是依旧在你的城？

　　三十几岁的女人大约都容易有那么点小调调儿，既不是扭捏造作，也不是装模作样，只是有那么点自恋自大却又自怜自卑的小调调儿。偶尔特别拿自己当回事儿，偶尔又特别不拿自己当回事儿。郭静好也是这样的。

　　先不说她自己的青蛙，即便对哈瑞，她也希望只有她可以那样地在他心里面存在着，如果还有别人，她推不出那个人，那她就马上从他心里跳出去。跌断了腿也要跳出去，仿佛一山不容二虎！

　　静好的这一点倒是和有些小心眼儿的男人很像。比如金来的帅哥前夫，离婚后一有机会就打听金来是否在和别人交往。如果听说她正和某男人谈恋爱，他就笑话那个

"正和金来谈恋爱"的男人"五短三粗，即便穿上了内增高4厘米的特殊皮鞋也还不及自己的耳朵高"；要么就话里话外地暗示，那些想和金来交往的人是"明摆着冲着家产"来的，说金来"太单纯了"。"五短三粗"，金来解释"五短"是脖子、两条胳膊、两条腿五样都短；"三粗"则为脖子粗、腿粗、腰粗。总之身上主要大零件没有一样是好看的。想想脖子又短又粗，腿也又短又粗，胳膊也短，腰还粗，妈呀，恐怕面目长得再清秀也没有用了。

金来无奈地跟我说这些的时候，我倒是猜想，那个前夫大概还是爱她喜欢她，至少希望和她继续在一起的吧。

静好回牛津参加法国女同学梅奥婚礼的时候，在人家婚礼现场的大草地上端着红葡萄酒的哈瑞竟然跨过草地和人群，径直走过来送给静好一个椭圆形古典风格的首饰盒，吓了静好一大跳。哈瑞轻声说："我知道送你一个钻戒你也是不会要的，所以我想最好送你奶酪蛋糕吧，你一定会喜欢。但是我又担心，你吃过后很快就忘掉这礼物和送礼物的人了，所以我就选了这个。我想，你可以永远品尝它！"

静好打开一看，天哪！是一块咬了一口的乳酪蛋糕！玻璃做的！惟妙惟肖！郭静好开心得要命。看着上面的牙印儿，还是两颗大牙板呢，她乐得快要笑死了。

哈瑞的浪漫多么吸引人呀，简直不食人间烟火！没办法，很多时候假玩意儿就是要比真东西来得浪漫些。

不过，哈瑞却并不像郭静好原先以为的那样，了解她的详细状况。当时确实是他收下了学生们的所有资料，但是统统由他的助理，那位来自北欧的人高马大的一米八二的瑟瑞娜小姐来保管，他真是从来没有细看过其中的任何一份。

哈瑞倒是拐弯抹角地问过静好几次，静好也按着他的每个问题回答他说，自己7个月没有回中国，没有和家人见面了，也没有家人来牛津看望她。静好端起茶杯喝茶的时候，哈瑞又看到她手上既没有戒指，再悄悄端详，也没有长时间戴戒指的戒痕，他当时就欣喜万分地判断，郭静好铁定了是"single（单身）"。哈瑞大概以为，这次自己算是遇上了对的"女青蛙"了。

他们3个人的故事真像个连续剧，离开了南涌镇的哈瑞偏巧又遇到了郭静好。南涌镇的出场仿佛变成了篮球赛场上热场的比基尼少女舞蹈，虽然那么卖力那么热闹；虽然她也是时间到了就主动离开的，但是啦啦队永远只是陪衬，无非挑起你看比赛的热情。比基尼少女最大的绯闻也不过是和球员的亲昵照而已，球赛才是观众真正等着的。

不过当时静好一定要走，哈瑞也真没有办法。他反复问过她："是一定要走吗？"她都说"是的"。

12个小时的飞行，东西两个半球，不一样的世界，相差8个小时，是一个人整整一天的工作时间。他拦不住她，

只能发邮件对她说："我真的挺难过的（后面跟着个小哭脸），不只是难过你要走，还有我后悔自己没有多拿出些时间和你单独相处。如果你哪怕晚走一个月，我们还可以多些交流和交往。我有时甚至希望，或许几天以后，你又会回来我的办公室，我们和以前一样，一起上课。"

就为了这么几句话的一封电子邮件，郭静好同学在北京趁老公出门开会去了，偷偷流了半天的眼泪，还专门打电话给依旧在英国苦读的我，说自己是回了北京才看到的这封邮件，因为哈瑞写这封邮件给她的时候，她已经在回北京的飞机上了。她说自己真后悔没能多留下一个月。

我反问她："你要留下来干什么？你又不打算和人家哈瑞怎么样。两个人连根手指头都没有牵过，人家一个大男人和你整日闹精神恋爱呀！"

郭静好说："那你让我怎么办？别的我又不擅长！"

我说："那不就是了吗？这样就行了，就像感冒一样，不必管它，慢慢也就好了。"

"可是，如果不是感冒，万一它变成了老也好不了的慢性病比如鼻炎，老时不时发发炎该如何是好？你说我到底该怎么办呀？"郭静好又有点要无赖的劲头。

"那你就该怎么治怎么治！该吃药吃药，该针灸针灸，该住院住院，该开刀开刀，该手术手术呗！"我乐呵呵地挖苦她。

"呸！你忒讨厌！啐你！"她在电话里隔着千山万水给我甩了几句滑不溜溜的京片子，倒一下子勾起了我立马就跑到中餐馆吃碗热馄饨配上个芝麻千层烧饼或者来一大碗黄瓜丝儿炸酱面的念头。

郭静好就是这样，她其实心里面明白着呢，只是专门拿我和张意蕴当倾诉的垃圾桶，不然她担心自个儿长瘤子！她可不担心我们听多了也会长瘤子！但是我觉得静好有句话说得对："能看得到和摸得着的东西，并不是我们这个世界的全部，我们每个人的心里面还住着一个世界。"

这也是为什么，即便我们是生活在完全一样的同一个世界里，每个人的世界都还是不同的。

静好和哈瑞告别 3 个月后，因为法国同学梅奥的婚礼在牛津重逢。哈瑞请静好单独去城里他们曾经去过的那家有 100 多年历史的老餐厅吃午饭。午餐后，他们再次沿着市中心的高街一路往回走，还是始终连手指头都没有碰一下。

过了大圆球状的凯默若图书馆和莫德林桥，又沿着高街走好一段才拐到马斯汀路上。走在一片片的树荫下，他们谁也不说话，就那样慢慢走着。

突然，哈瑞问静好："真好，你猜 10 年后你会在哪里？你会再回英国吗？如果真的回来，你喜欢去伦敦？来牛津？还是，你不会回来，而是依旧生活在你的城——北京？"

　　静好突然完全不知道怎么回答。"我，我不知道……"她不知道哈瑞是什么意思，是想委婉地问她会不会回来找他，还是他只是随口一问地聊天儿呢？

　　在北京，在静好生活的环境里，几乎没有人会问起另一个人"10 年以后"的事儿。高速发展的社会，热闹无比的京城，拥挤却寂寞的人群，变幻不定的身份，有时候一年之内都不知道会发生多大的变化，谁会问你"10 年以后"呢？

　　静好想老老实实地说："那要看我老公去哪里，他去哪里，我大概就去哪里吧。"但是，她吞下这句话，换了一句说："我，大概会一直住在北京吧。不过，我希望能有机会再回来，我很喜欢这里宁静古老又不缺少现代感的氛围，也希望能多一些机会再见到您，和您聊聊各自的世界和生活！"

　　"哦。"哈瑞脸上没有任何表情。

　　"那，您呢？10 年以后。"郭静好试探着问他。

　　"我猜我大概会去伦敦吧，那里一切都更方便些，查找我需要的最新的资料，约约朋友小聚什么的。还有，我一直以为，和牛津这座小城相比，你好像更喜欢伦敦……"

　　"哦，是吗？什么？哦。"静好每个字都听得清清楚楚，每个字的意思也都明明白白，只是她不相信哈瑞会这样对她说。他的这句话，是什么意思呢？郭静好看看他，但是她实在猜不透他这话的意思。

白老师 1：真的学者，总是少数

白老师叫白嘉伟，他和张树碑一样都是政府外派的交流访问学者。但是和张树碑比较一下，人家白老师那是真正的访问学者，而张树碑似乎是拉着架子来耍西洋、开洋荤、看洋景儿，和 enjoy British style life（享受英式生活）的。

德高望重的白老师在牛津期间也仍然通过网络视频给他远在北京的博士生们定期上课，还经常应邀到伦敦的科研机构去参加学术活动，在牛津也搞过小讲座。有时候国内的一些学者朋友来牛津考察，会登门拜访他，并邀他一起去市中心的中餐馆或者小酒吧里喝喝酒、聊聊天。中餐馆里圆桌子小转台，摆满偏广东和上海口味的菜肴，茅台酒、五粮液倒进景德镇产的梅、兰、竹、菊4个仿古青花瓷小酒盅里，俨然跟在国内一样。白老师学术忙、应酬多，加上经常晚上出门喝酒，整个人都忙活得不得了，和在北京没啥两样。

　　我一直以为，白老师肯定没有时间也不会有兴趣听流行音乐，他应当喜欢以小提琴曲或者钢琴曲来抚慰被科学实验搞得高度紧张的神经。但是没想到，他竟然和我一样，偏爱达达乐队的一首印象中似乎并没有太火过的老歌《南方》。那是一首被白老师用"简单明快、朗朗上口"来形容的歌曲。

　　有一天中午，他在厨房一边炖小排骨，一边用电脑播放着这首歌，算是餐厅里的背景音乐。

　　"我住在北方，难得这些天许多雨水。昨晚窗外的雨声，让我想起了南方……"好听的旋律伴着喷香的肉味把我吸引到了厨房。这天我没课，一上午都猫在我的小房间里。

　　"您炖肉呢呀!?"推开厨房的白色木门，我端着自己最喜欢的那个红底色配上渐变的蓝色条纹图案的大号手绘锥形马克杯，一边倒热水给自己冲杯红茶，一边没话找话，装模作样地明知故问。

　　"是呀！香吧？待会儿一块儿吃吧！我太太今天中午不回来吃饭了，若诗和陈先生他们几个人也都没在家，姑娘你不用弄别的菜了，我看你整点榨菜、辣酱，洗一盘生菜叶子，然后就手煮上咱们俩人的米饭就行了！我今天中午能吃两小碗饭。"

　　白老师人真好，他肯定是看透了我肚里的馋虫，又怕我不好意思白吃他的喷香小排骨，就让我出大米用电饭煲做米饭，算是也出了粮食也出了力，就可以和他平等坐到饭桌前，不卑不亢合伙吃午饭了。

我特别喜欢和白老师聊天，除了因为他有学问，听他讲话总会让我有意想不到的收获，还因为，嘻嘻，我30多岁的人了，白老师一直都叫我"姑娘"。连叫"姑娘"的语调都一点不虚伪，真是喊"姑娘"。

我心里受用，不过一再跟他说，我都老大不小了，别老叫我"姑娘"，我听着都怪难为情的，装嫩呢。他却说："我今年都47岁了，奔五的人了呀，你才30来岁，那我看你，还不总是'姑娘'!？是不是呀，姑娘？"逗得我高兴得又笑了老半天。

"瞧这歌唱的，'难得这些天许多雨水'，咱们这里现在可是难得不下雨，难得遇上个大晴天。"我淘上米，煮上饭，又从冰箱里取出一枚西班牙产的有机生菜（英国农场自己产的蔬菜比较少，在这里超市买到的菜，好多都是西班牙农庄种的），洗好，沥水，装盘，又盛上一小碟辣酱，然后就咽着口水盼着吃肉了。我已经馋得嗓子眼里头好像还能伸出几个小舌头来，又回到十几岁长身体那会儿了，特别馋，特别想吃肉。肚子和人一样，真是人穷志短，马瘦毛长，越馋口水越多，口水越多越饿，越饿越馋，越馋口水越多，口水越多越馋……

近来赶上雨季，本来就阴冷的牛津，那一阵子几乎天天下雨，再加上我们住的房子离地面近，四周树木环绕，我的房间即便是在二楼也依然潮湿。晚上若熬夜看书，穿两双棉袜子脚趾头都冻得难受。

"这天儿！得天天随身带伞。这么大的雨滴子，砸到脸上准都打得皮疼，要是整个人给淋透了，还不结结实实病上一场！"白老师炖排骨喜欢先把第一遍煮肉煮沸的水撇掉，说是里面"脏东西多，血多、油多，撇掉后再放点水进去，然后再倒酱油、料酒、醋，放葱姜蒜和八角、胡椒、大料、枸杞那些调料什么的，味道会更好。"

看着白老师在地道英国人家的平底电磁炉上用一口显然不是中国炊具的平底不锈钢锅，因地制宜地仔仔细细炖着他从肉铺市场上好不容易觅来的小排骨，我会不由自主联想到他平常工作的地方——在牛津郊区的国际实验室，想象着他戴着蓝色薄胶皮手套在里面做实验的时候，会不会也是一副专心致志，心无旁骛，小心翼翼，一丝不苟的样子。

白老师是清华大学的博士后，当年毕业之后他被挑选进入了一家国家重点科研院所，参加一个军事科研项目，工作了近20年，几年前又回到高校做博士生导师，目前还同时兼任着一家科研机构的副主任。作为政府派驻的高级访问学者，白老师还意外地获得了欧盟的一项基金支持，得以进入设立在牛津远郊的全世界仅有的 4 个最尖端的物理实验室中的一个——"钻石实验室"，参加一项多国参与的国际合作项目的研究与开发。

白老师在牛津生活工作的时间并不长，只有不到一年时间，比陈先生、李若诗和我在这里生活的时间都短，但是他却经历了我们几个都没有遇到的好些个事儿。现在回忆起来，都算是大大的趣事儿，让人忍俊不住。

先是他去银行存钱，自己在存单上少写了 100 英镑，那个银行职员竟然当面没有查出来，稀里糊涂给他把钱存上了。白老师半个月以后在家里突然间想起了这事儿，无比确定自己真是少存了 100 英镑，那可是 12 张毛爷爷，1200 元钱呀！白老师赶紧跑回银行去找，没想到那家银行还真调出了当时的录像资料。录像显示，职员点钱的时候点的是紫色钞票，白老师当时存的确实是紫色的 20 英镑一张的钞票。又查了那几天的结账记录，说是当周周末银行结账多出来 88 英镑。最后就凭借这些支离破碎、零零星星的证据，银行竟然把这 100 英镑迅速给他打回账户上了。而且，他办理存款时的那个女值班经理还真诚地向他道歉，一个劲儿地赔不是，又请他到银行贵宾室喝咖啡吃水果糖，多领了 100 英镑的赔偿金。从白老师发现搞错了钱数去银行找，到 100 英镑返回他账户，加上另外那 100 英镑赔偿金发到手，前后只用了一个星期时间。

　　白老师大呼："这里银行服务好，服务真好！"他说自己在国内也曾经发生过类似的事情，"一个小时以后回去找，银行就不认账了，说一切都在柜台交割清楚了。让我有本事找行长去，调录像必须行长签字！最终也没有结果。"

　　"还好那次只是少了500元人民币，但是他们态度很不好，仿佛我是骗子一样。你说我能为了这500元钱绕着圈子全北京城地托人去找行长吗？有这个必要吗？不要说别的，在北京就是托人找到那行长再约着一块儿吃顿饭，恐怕也至少要花个几千元。为了找回区区500元钱，费神费力还耽误工夫，实在是不值当的！关键是，咱们中国的服务人员，总是先把投诉者看成撒谎的人，他自己服务差不说，他根本也不信任你，这是种恶性循环，你说这服务能改进得了吗！……"

　　陈先生听白老师说这事儿的时候在一旁呵呵地笑出声音来："您这么大的科学家，手里还管着几百号的科学家，怎么就老算不清楚钱呢，呵呵，哈哈，呵呵……"

　　白老师说："这不就是巧了嘛，在国内那次我是顺手把刚报销的500元出租车票钱也放进去了，但是原先信封上早已经写了一个钱数，我也忘记了，一下子就递给了柜台里面。这次呢，是我着急，他们也着急，因为已经4点半了，人家着急下班，就等我一个人了，大门已经上锁了，只出不进了，我硬要挤进去当最后一个顾客。"

谁知道就在白老师刚刚成功地把少写在存单上的 100 英镑找回来之后，他的 E Bank Account（网络银行账户）半夜被网络诈骗犯盗用，5000 英镑瞬间不翼而飞。确切说，第二天早晨我是被一向温文尔雅的白老师吵醒的。才不到 8 点，他哐当哐当敲我的房门："姑娘，姑娘，你快过来帮我瞧瞧，我这边碰上麻烦了，只好吵你起来！大概是遇到骗子了！"

白老师轻易不会这样着急的，我赶紧翻身下床，披上外套，穿上拖鞋，打开房门一看，白老师 4 个眼角都挂着眼屎，平常梳得整整齐齐的大分头现在鼓起老高，左右还极不对称，大概是睡觉的时候压的。

"白老师，您，这是怎么了？"我真有点吃惊，问他。

"哎呀，姑娘呀，我可能遇上网络诈骗犯了！"

"什么?! 网络诈骗？"

"我银行卡的网络账户，昨晚 3 点钟莫名其妙被转走了 5000 英镑。我今天一早上网买张火车票去伦敦，才无意之中发现的。现在里面只剩下七八百镑了，这可怎么办呀……5000 英镑可就是 6 万元呀，我半年的工资呢！真是没想到，这里的网络安全真是大问题！真是要命！下手太突然，太毒辣，太狡猾了！"

"5000 英镑?! 别着急，我帮您看看去，不行咱们这就去银行！"白老师英语读写能力超强，只要有充分的准备时

间，用英语做学术讲座也没有一点问题，但是他跟当地市井中人交流起来，有时候还有点儿费劲，所以，他总叫上我们几个陪着他去银行、去买东西、去西餐厅吃饭。

我马上蹿到楼下他和他太太何老师的大房间，看他电脑上显示的情况，果真，几乎可以肯定，钱是被骗子半夜转走了。

在陈先生提醒下，白老师匆匆擦了把脸，头发还是老高，连梳都没梳，就和我立马坐陈先生的车去了玉米市场大街上的银行。

还好银行刚开门，前面排队的只有两个人。可是接待我们的那位职员实在是太慢了，根本就不把我们描述的紧急情况当回事儿，从叫号机器里给我们打出一张等待的字条，上面竟然不慌不张地写着：请在休息等待区的红色沙发椅上坐下，喝水、吃糖请随意，无特殊情况，需等待15到45分钟；请注意将电话调至振动，接听电话或使用其他电子产品，请不要影响你周围的其他人……当然了，任何一位其他的等待者的字条上肯定都是这么写的。

白老师一看这啰哩巴唆的字条就急不可耐了，一个劲儿地用手抹着头发，催我告诉接待我们的那位慢职员："我们非常不满意，不想等，就在我们喝水吃糖这工夫，坏人很容易把钱再次转移或者胡乱花掉，何况不知道那些骗子现在人在迪拜还是纽约？更不知道是亚洲人还是非洲人？

是不是隶属于黑手党或者恐怖主义集团？他们那里正是半夜还是早晨？总之我们在明处他们在暗处，太被动了！我们希望并强烈要求银行方面尽快处理，或许可以把损失减少到最小。"我忙不迭地帮他翻译着这些担忧，没想到那位职员笑眯眯地告诉我们："别着急，我敢保证你们的钱丢不了！最近至少有 50 个顾客来处理过这种事儿了，我们已经有经验了！骗子至少在 24 小时之内是无法真正拿走钱的！"

虽说银行确实有相应的网上安保措施，3 个工作日钱冻在账户上，但是之后为我们解决这个问题的值班经理还是一脸庆幸地对白老师说："幸亏您一早就发现了，也就是说，发现得越早，我们就越好办一些！要知道，晚一天，就多出一分危险，要是您在 3 个工作日之内还没有发现，那么您这钱就真的丢了！"

不过，他又说："但是，钱即便真被骗子转走了，我是说万一的话，我们银行也会先把这个钱给您返回到账户上，之后我们再追。"

"真的吗？5000 英镑！你们也先给垫上？"白老师和我对视一下，都觉得不太相信，那可是 6 万元人民币呀。

"是的，这种情况不多，不过现在已经有两例了。那个处理起来时间周期当然长一些。您现在这种情况相比之下要好很多，我们会尽快办理，之后只需要冻结您的账户一段时间，最短 3 天，最长 10 天，解锁后您就可以自由地用

钱了。不过明天周三了，卡会被锁住，我恐怕您这个周末还不能用它，或许会带来些不方便……"

"哦！没关系的！你们的服务已经是够好的了！"白老师这话不用我替他讲了，他已经脱口而出。的确，肯先给你赔上 5000 英镑 6 万元人民币大约半年的工资，这还不算"Good enough"（足够好）吗？白老师是由衷地说："Really thank you."（实在感谢）

原来，是有熟谙网络诈骗手段的团伙伪造了一个一模一样的某银行网站，然后随机发邮件给能涉猎的最大范围的网民，就跟发手机垃圾短信一样，提醒"你的 XX 网络银行账户现在有安全隐患，建议你立即登陆修改密码"。粗枝大叶的用户信以为真，便会立即点击假网站上的"修改"键，马上弹出一个小窗口，"请输入您原先设定的密码"，于是你就顺理成章中了圈套，输入了你原先的密码，骗子就这样盗走了你的有效密码，然后再登陆到真网站上去转走你的钱。而你的密码其实根本没有被更改，所以之后当你再次登陆真网站要查询自己的账户时，会发现用改过的密码反而进入不了，用旧的才能进入，卡主这才会马上心头一惊，继而恍然大悟。等你查看账户，钱肯定已经少了一大笔。

那银行经理说，近来这一批受骗者的钱都被转到注册地在拉斯维加斯的一个贸易公司账上了。白老师一声惊呼

"That far"（那么远），仿佛看得见自己的 5000 英镑已经被坏人"嗖"地挥霍进了赌场。那经理赶紧安慰他说："这个没关系的，不管公司在哪里都一样，即便是在本地也一样，危险的程度是一样的，不过只要他们没真正拿到钱就不要紧！您放心！"

那么既然是骗子的所作所为，银行为什么还认账呢？那波兰口音的银行经理的耐心解释竟然是："首先我们被人模仿得可以乱真，就说明我们在网站的设计和管理上有漏洞，还需要改进。当然，这种诈骗能得逞首先是客户太疏忽，因为我们银行从来不发电子邮件跟用户联络，只发纸质的信函或者在银行网点当面沟通确认。但是，既然出现了这种问题，我们就不能不管，因为被骗的人都是我们银行自己的客户，我们如果都不管，那你让他们找谁去？谁会比对待自己的客户更负责任地去帮助他们呢？"

一番话说得头发依然老高的白老师几乎要上去双手握住那波兰口音银行经理的手，热泪盈眶了。可不是吗？我在一旁听着也觉得十分震撼：如此舍己为人，就是春风暖雷锋来的 3 月份，这种事情在"咱们那儿"也几乎不会发生。而人家这银行，怎么就能觉得这是天经地义的职业道德，虽然人家没有用到这样的措辞。

白老师眼角依旧挂着两小粒香草鸡蛋沙拉酱般的眼屎，扭头跟我说："姑娘呀，人家服务还真的就是好！这要是在

国内，我不敢保证别的地方能怎样，反正就我上次去的那家银行，500块钱都要找行长，60000块钱，我敢肯定他们会直接让我去街对面的派出所报案得了，连行长都不用找了，找了也没用！他们哪里有工夫和你说这些话呀，你说这波兰经理的话多么暖人心呀……"

白老师丢的5000英镑当天就被这位银行值班经理截住，并如数返回到白老师账户上。银行经理建议白老师改了个更为复杂的密码。白老师的账户被冻结了三天，然后他的网络账户和与账户捆绑在一起的银行卡就一切照旧，可以重新使用了。可是白老师一直心有余悸，从此网络账户上最多只放5英镑，需要在网上付款的时候，消费多少再临时转多少钱进去。

"真是怎么小心都不为过！太危险啦！这次能找回这5000英镑来，实在是不幸中的万幸！"

"要真是像那经理说的，钱丢了，银行先给你包了损失，我得欠人家英国银行多大人情呀！"

"以后再不能大意了，一定要接受教训！这事儿你们大家伙儿也都要引以为戒呀！不定什么时候就落自己头上了！有我这个前车之鉴，你们正好多个心眼！"

白老师事后总愿意和大家分享他的感慨，走到哪里说到哪里，只要想起来了就会评论上几句。

接连体验了两次银行的"好服务"后，没想到白老师又遭遇了"拉链门"，他的牛仔裤拉链出了问题。

一条他在 High Street 上的 Gap（盖普，美国休闲服装品牌名）店里买回来的深蓝色水洗直筒牛仔裤拉链突然失灵。一大早，他都把牛仔裤穿到腿上，提到腰上了，可是那条关键位置的拉链竟然拉到半截就拉不动了。以科学家的思路，白老师先涂上蜡和铅笔末儿，但是都没有用，突然间它就像电脑死机一般，任凭怎样摆弄，那条拉链就是拉不上去也拽不下来。陈先生闻讯，带上自己房间里一整套 12 件装的剪指甲的小工具立马跑到楼下去帮忙，也没能把劲儿使到点儿上。

我在饭厅里吃早饭，听到他们在隔壁整那条拉链，仿佛比在院子里修辆汽车还费劲儿。陈先生一会儿让白老师做这个姿势，一会儿又让他摆那个 pose（姿势）。我听到白老师说得最多的一句话是："这个站法我马上又要站不住了，小陈，小陈，咱们换换，换个动作，换一下好吧……"

最后实在没辙，白老师问我和陈先生，牛津城里哪儿有修这种牛仔裤拉链的。陈先生想了想，说："有倒是有，但是修一条拉链的钱，说不准能再买一条新牛仔裤了！我还没给您算上来回的车费呢！我今天有事儿，昨天就定好了的事情，不然我可以开车带你去找。"

我建议白老师："您试着找找当时买牛仔裤的那个小票儿。按我的经验，只要您有小票儿，商店应该会免费帮您

修拉链的，兴许还有可能给你换一条新的牛仔裤！"

　　白老师在自己的房间里翻箱倒柜，最后也没能找到他半年前购物时的小票。客居异国，谁会那么仔细，连好几个月以前的购物票据都留着呢？但是，尽管没找到小票，他还是决定就这样穿着、敞着拉链、扎上腰带、盖上外套，径直到店里去试试。

　　那外套是个标准长度，也不能万无一失地包着屁股呀。白老师拉上拉链，用力往下拽拽，再拽拽，还是不太行。他一边拽衣服一边和我们介绍："这是出国前在北京的一个超大型名牌打折店千挑万选的法国货，跟一台32英寸的平板电视机价格不相上下呢。可来了英国，实验室里的法国同事竟说在法国从来没见过这个商标。也不知道是那法国人太书呆子见识不够，还是自己上当被骗了！"

　　介绍完了那件法兰西商标的32英寸平板电视外套，准备正式出门，白老师又在我们小房子楼梯拐角的鞋柜边停了下来。他可真仔细，浏览了一下那几排鞋子后，特意换上了一双一脚蹬的与外套同色系的深咖啡色翻皮皮鞋，以确保不必走着走着蹲下来系鞋带。不然开着口的拉链岂不曝光在众目睽睽之下！推开大门的时候，我听到他还小声提醒自己，上了公交车要记得尽量站着，不然就坐最后一排的角上，用手遮挡一下，可千万不能让人把他和那些糊里糊涂连裤子都不拉的醉汉们混为一谈。

都走到院子中央了，白老师又转身冲屋子对我们说："反正它是全球连锁品牌嘛，衣服上有商标，难道还能不认账吗？再说我也只是想让他们给修一下拉链而已！没有别的要求，既没有什么损失，也不索赔！"看来白老师经历了银行赔偿 100 英镑的事情后，维权不仅更加自信，也更会掌握分寸了。不过他这番话，又分明是在给自己鼓劲打气呢，显然心里还是没大有底儿。

白老师回来的时候，裤子拉链当然是拉上去的，而外套拉链自然就敞开了。维权的结果我们几个其实并不感到意外，但是白老师着实没有料到。

白老师讲述，去了后，他刚说完，商店工作人员就连声道歉，一位帅小伙儿店员在试衣间里用大剪刀咔嚓咔嚓就把拉链那个部位给剪开了，裤子落地，先把白老师解放出来，然后，店员请他穿着试衣间里的宽松麻裤，到店堂木头货架上随便选一条和他闹"拉链门"的牛仔裤同样价钱的新裤子，价格不一样的话就多退少补。

最让白老师惊讶的是，店里的人自始至终根本就没有和白老师提到"购物小票"！至于那条拉不动的拉链，店员还剪下来装进了一个塑料袋，贴上了时间号码和标签，说要尽快送回美国的设计和质检总部去，研究清楚到底哪里出了问题，杜绝以后类似情况再次发生。

从一进家门白老师就摇头大呼："没想到呀！真是没想

到呀！虽说他们搞得有点夸张，有仪式感的成分，另外也不必把裤子剪得那么彻底，我能脱下来就可以了嘛！但是现在这样一条裤子就全完了！可是，不能不说，人家英国佬还真是有服务意识的，不管银行还是服装店，你买了他的东西也好，使用了他的服务也罢，一旦出现问题请他解决，他就尽最大可能、以最高效的办法来给你解决，这事儿其实一点都不复杂，就这么简单，无非就是：第一，问明白什么问题；第二，动手解决。像一条裤子之类的事情，他们也没有去请示领导，谁听到我叙述的，谁就可以拿主意给我把裤子剪开。真正是快刀斩乱麻！我猜在国内，哪怕同样是这家品牌，服务员恐怕先得问我到底是怎么把拉链弄成这样的，然后好去跟领导汇报。呵呵，要是我知道怎么弄成这样的，我还找他们干什么？"

后来每聊起这件事儿，白老师都感慨："为什么我说要是这牛仔裤拉链门发生在北京，可就不这么简单喽，我有亲身经历的！他们剪开这裤裆之前，恐怕至少需要一两个柜台长或者店长什么的的签字的。否则店员根本不能下这个剪子，不然谁下去这一剪刀，谁就要赔裤子！谁就要担责任！谁允许你私自剪开裤裆的？是不是？那剪裤裆之前就一定要走程序，至少去找几个领导签上字。人家走程序去了，你就得在一边提溜着裤子等呀！其实不光是裤子和拉链，好些个事儿还不都是这个道理？！说实话，能让你提着裤子等的，还是让你看到了希望。怕就怕根本没人理睬你，当你是空气，你乐意提溜着裤子站一边等你就站着等，那才真叫人生气呢……"

要说，白老师这一对比吧，确实是让人感觉，我们有时候在国内遇到的那些服务不好的窝心事儿，其实是他们压根儿就没想帮你解决问题！

白老师说起自己在北京买裤子维权的经历："去年过年何老师给我买过一条 3000 多元钱的西裤呢，她拿回家，我穿上以后才发现，虽然上面缝的是和我平常穿的同样的号码，但是那条裤子确实就是大一些，整体大一号。我们两个人一起，再回商店想退掉。从买下裤子到返回店里前后就仨小时，可是只因为购物小票不知弄哪里去了，怎么和那服务员说，她就是不给退！那我们换条小一号的总可以吧？人家那服务员说了：'对不起，没有小票连换都不成！'"

"后来，何老师通过一个学生找到了这家商场的经理，好说歹说，总算是答应让我们去换一条小一点的，可是这都 3 天过去了。回商场一看，没有小号的了，只有更大号的两条，色儿和我们买的那条还不一样！我俩只好把这条 3000 多的裤子提溜回家了，到现在还挂在北京家里的大衣柜里。何老师说不着急了，等我老几岁再胖点的时候，腰上多长二两赘肉就一准能穿了。毛料怕被虫子咬，来英国之前，何老师给那裤子前后口袋里都塞满了樟脑丸！"

　　这条北京裤子的故事我在一周内连着听了 5 遍，他逢人就讲，跟家里每个人还有每个来做客的人几乎都说了一遍。

　　"我有时候也在想这个问题，你说他服务不好难道就不担心你以后不买他东西吗？"白老师每次讲完了之后还都会接着发出这样的感慨。

　　室友李若诗有一回插了句话说："恐怕他自己也根本不知道有没有以后！要说这个还真的不一样，英国佬到处是百年老店，不信咱们随便说几家，就连高街上那家"糖店"都有 120 多年的历史了，还有那家专门卖包装纸、小本子和明信片的小商店……"

　　陈先生嘿嘿地笑白老师这事儿逗乐，说："他们鬼佬服务确实是蛮好的，我觉得，其实也没你们说得那么复杂，他们无非就是诚信经营呗！"

　　李若诗摇摇头说："我倒是觉得不单是诚信经营这么简单，这就是他们的一个思考和行为的习惯，早就是他们的习惯而已。你看，第一他们不把顾客放到对立的位置上，首先他相信你，不会认为你是来占便宜的；其次他们会设身处地为顾客去着想。我觉得以后我们也会这样的……"

　　白老师说："按理说，咱们是早该慢慢养成这样的习惯的！但是有各种各样的原因呀，历史的、文化的，再加上咱们人多，我猜恐怕也还是要一代一代，一波一波地来！"

　　白老师经历这些趣事儿的时候，恰好张树碑张老师结束了第一阶段的访问，当然那时候他也和陈先生打完了官司，回国开会去了。陈先生送给李若诗，李若诗又转送给了张老师的那只手绘马克杯一直扔在我们的大餐桌上，寂寞地藏在桌角。不知是谁无意中扫了那只杯子一眼，一下子想起了一来就到处找英国酒吧的张树碑张老师，大家于是开始了一个新话题。

　　有人说："不知道张树碑张老师回国以后在忙什么？他也没有给谁发过封邮件来？"

　　陈先生嘴一撇，带点讽刺地说："要是他在，就热闹喽！他有经验，给你写份状子，白老师你至少能从银行要回两倍赔偿，信不信，再让衣服店赔你至少3条裤子？有张树碑帮忙张罗，你还应该打官司再索赔点精神损失费和车费什么的，呵呵，是不是？"大家心照不宣地笑笑，不吭声。

　　说起来，除了在和陈先生打官司那件事上与我们几个产生了分歧，张树碑张老师短住海德里道28号的那段日子里，和白老师相处得还算蛮好。他们互相以"白兄"和"张老师"称呼对方，常常一起喝着茶聊天，谈些国际要闻、时政大事、近来揪出或者刚刚伏法的各国贪官污吏、惨无人道的恶性案件等等男人们比较热衷的话题。谈天时，无论是张树碑还是白老师，言语间都闪烁出文人学者的幽

默和智慧。聊到"学术腐败"这种属于他们圈子的话题，两个人还曾经共同发出感慨："真的学者，总是少数。"

当时，白老师问张树碑，最终选定了交流访问的题目没有？张树碑说决定了，是"有关曹雪芹和莎士比亚的对比研究"。

张树碑张老师随后感叹："我这个题目，如果不是真学者，还真做不了！"

白老师在一旁忙说"是呀是呀。"

张树碑接着感慨："白兄，真的学者，真的总是少数呀！像咱们这种傻乎乎的实干派可不总是少的？！光说不出力的，爱耍嘴皮子的看客永远是多的，向来如此！不过时代和历史也同样需要他们！没有他们的存在，怎么能看出谁是真的学者？"

白老师马上"对对对，没错没错……"地笑呵呵表示赞同。

白老师2：我住在北方，常想起南方

白老师的小排骨香酥嫩滑，不咸不淡，只略微能尝到一点酱油和糖的味道，好吃极了。因为换过一次煮肉水，又放上了一些中国调料，他把英国猪肉那股子腥骚恶臭气也成功煮掉了。（据我们的室友，历史学和计算机专业双料硕士李若诗同学说："英国人生活中积极弘扬人道主义和猪道主义精神，猪活着时不阉割，杀猪时也不让猪流血，瞬间电死。所以，因没放血，英国猪肉集体有股子很重的腥臭气味儿。我们不知道确切答案，但猪肉牛肉味道很重是事实，连这里的火腿、培根，甚至香肠等加工过的生熟肉制品，也统统有这种重重的难闻味道。"）

在我狼吞虎咽吃白老师的小排骨的时候，白老师电脑上的音乐播放表又循环回《南方》那首歌了。

"我住在北方，难得这些天许多雨水。昨晚窗外的雨声，让我想起了南方……我的第一次恋爱在那里，不知道

她现在还好吗……"

"这句歌词可真好，我喜欢！他不唱'我的初恋在那里'，而是说'我第一次恋爱在那里'，感觉似乎更浪漫！如果说'初恋'马上就显得俗气了些！你说呢，白老师？"我一边咬着排骨肉，一边没话找话地对白老师说。

白老师意味深长地看了我一眼，停了几秒钟，喉咙鼓鼓的，直到咽下口中的饭，才说："我也是这样觉得，我最喜欢这几句，朴实。而且，巧得很，我的第一次恋爱还真就是在南方！后来我一直住在北方，每次听到这几句，我特别有共鸣。特别是下雨的时候听，尤其有共鸣。"

"真的！？"我大声说，看上去白老师似乎要讲讲自己的故事啦。

"可不要和何老师聊起这个哦！"白老师笑眯眯地对我说。何老师是他太太。

"怪不得！我一定找机会告诉何老师，呵呵。"我成心逗他乐。

"可不敢，可不敢，多少年前的事儿了，可不敢再提！"白老师严肃地对我摇摇头，手里的筷子也随着摆了摆。

"讲讲您'南方'的故事呗，何老师她难道一点都不知道吗？嘿嘿……"

"都早忘了！再说，你太年轻了，我就算讲出来你也不理解！何老师她，大概也是知道一二的……再说，谁没有点过去呢，呵呵。"白老师还有点不好意思了呢。

……

那是白老师大学实习期间 3 个月里的浪漫往事。他们 12 个人被派到江南的一家重型工业企业，帮助一位工程师攻克一个当时亟待解决的机械"减震"项目难关。工程师的女儿那年 19 岁，中专毕业后一直给她父亲当助手，和当时才二十几岁的白老师迸发出了火花，被白老师认定为"人生的第一次恋爱"。但是他们两个人竟然也是"连手指头都没有拉人家一下，就道 farewell（再会）了"（白老师原话儿）。

"那一段日子，见面倒是几乎天天见，不过单独相处，除了在他父亲的实验室里有一回，就是在车间角落里坐着休息的时候单独说过两回话，还有在他们家里吃过一顿告别的饭。不过那是十几个人都在，只是，中间我和她悄悄到阳台上单独待了 10 分钟。"白老师无比幸福地回忆。

"啊？就这样，连手也没拉过？算单相思吧？哪是'第一次恋爱'呀？!"我根本不相信。

"真的!"白老师盯着我。"真的，姑娘！我们那时候就是那样的!"

"无非是 20 年前嘛，哪能就好像另一个世界了!?"我还是不信。"再说，你怎么知道人家喜欢你？单相思吧!?"

"也是说过几次话的，所以也是互相都知道对方心意

的，但是都还没有来得及把话说得太明白。"白老师接着说，"临走，我还送给她一个羊皮做的橘红色小钱包，挺漂亮的，她很喜欢。我从北京带去的。"

"我们那个时候，人都很简单，她告诉我，她喜欢北京，没去过，一直想去。我说：'什么时候你来吧，我等你来，你来了我带你去看长城，带你去吃绿豆糕和炸三角。'她说：'好，我一定去。'"

"后来呢？她去找你了吗？"我问。

"后来，就慢慢过去了。我给她写过信，但是她没有回信。再后来，我认识了何老师，慢慢这件事就过去了。"白老师回答我说。

"那您觉得，她，当时为什么不给你回信呢？"

"我猜，我只是猜的哦，他父亲，就是我们实习跟的那个工程师，相中的是另外一个小伙子，那小伙子的母亲是一个科研所的副所长！我们家在农村，不能和他比。呵呵，所以，大概见到我的信，她父亲连给她看一眼都没有就撕掉了或者干脆烧了。不过都过去了……"白老师有点遗憾地摇了摇头说。

"为什么呢？我是说，为什么您会这样猜测？"

"因为，后来，人家两个结婚了呀！"白老师对我笑了笑，不算是苦笑，就是很温和很平淡的那种笑容。

"哦，其实你当时应该继续给她写信！一直到她给你回

234

信为止！"我从"姑娘"的视角给白老师的"第一次恋爱"做了个小评论。

"没用的，我写过 5 次信，其实。"白老师在说"5 次信"3 个字的时候，音很重。

"打电话！"

"当时打电话不是很方便！"白老师这次是苦笑了一下。

"姑娘，你以为像你们现在似的，手里捏个手机，不管站在地球的哪个位置，号码一拨，想找谁就找谁，也不心疼电话费！我们那时候，即便读研究生了，也还是从学校领点仅够使的饭票呢！当年很多人那么辛苦地念书，还不就是为了有饭吃！打长途电话？那要骑着自行车去邮电局，要么只能在导师办公室里偷偷打一两分钟！还怕被发现！"

"现在很多人不也就是为了毕业后拿着文凭找份工作，好有口饭吃吗？还不是一样的呀！而且，现在还不像以前那样好找饭碗了呢！"我对白老师说。

"呵呵，话是这么说，但是我们那时候还是要艰苦很多的。"

"那，您的'南方'就这样结束啦？"我问。

"是呀，手也没有拉一下。唉，你听着是不是觉得我们是古董呀，姑娘？"白老师眼神里带着点儿探究地盯着我。

"哪里？！我们现在也有这样的呀！"我突然想起了静好和哈瑞。

　　"当然了，他们都不是'第一次恋爱'，不过正因为都不是'第一次恋爱'，'连手都没有拉过'好像就显得更宝贵了。听说好多'不是第一次恋爱'的人会直奔主题的，反正都'不是第一次恋爱'了嘛。但是他们，宁愿'只放在心里'。"我故弄玄虚地对白老师说，白老师竟然听得很认真。

　　看着白老师脸上认真的表情，我差点脱口而出，把静好的故事娓娓道来，全部说给他听。可是一想，答应过人家郭静好同学，绝对不讲给自己在牛津遇到的其他中国人听，万一有辗转认识的人传回她老公耳朵，连手指头都没有勾过一下的艳遇她可就说不清楚了。于是，我赶紧就着小排骨吞回肚子里。

　　也恰好这时，"啪嗒，啪嗒"两声，传来我们院子的棕色木门被打开，又被推回去搭上铜锁扣的声音，抬眼一望，白老师的太太何老师回来了，推着她的自行车，刚刚顺着棕色木门穿过我们的灌木围墙（木门其实是建在灌木围墙中间的，木门两边就是密无缝隙的厚厚灌木丛）。

　　何老师自行车车把前面的架子上，那个米黄色的藤萝框里，装着一束用牛皮纸包裹的怒放的蓝色矢车菊，还能看到旁边有几样蔬菜和一条装在半透明纸袋里的法式烤面包，纸袋封口处被一个绿色的 Organic（有机食品）标志贴封住了。我猜白老师根本没有顾上去看那矢车菊和面包一眼，但是他当然注意到了，自行车旁边还跟着一个人，一个男的。

我和白老师同时都在搜索记忆中的有用信息，拼凑着支离破碎的回忆画面，想迅速判断是否认识此人，或者哪怕只是见过此人。我们俩似乎还比赛起来，都想第一个喊出他的名字，或者干脆地摇头说："这谁呀？"

那人个子不高，戴着太阳镜，他转身关门，我看到他背着一只我很眼熟的灰色和黑色相间的李宁牌双肩运动旅行包，接着他侧脸，然后转过身，还是戴着墨镜，正面朝我们走来了。天哪，那不是张老师吗?!张树碑张老师又回来了！我和白老师几乎同时小声惊呼出来："张老师!"

张树碑：牛津，我又来也

是的，是张树碑张老师。

白老师再定睛，断定跟在他太太何老师身边进了我们海德里道 28 号院子的是张树碑后，咽下仍含在口里的米饭，马上推开碗箸出门相迎。

"哎呀哎呀，张老师，真学者又回来了！真学者又回来了！大家都想念你，都想你呢！"白老师迎上去，双手紧握住张树碑的手，开心地说。

"白兄，又见面了，又见面了，惊险呀！幸亏刚才遇到嫂子，不然后果不堪设想！不堪设想！"张树碑的声音先是从院子里，然后从餐厅外的小门廊里传来。

听到他们已经进门，我也赶紧起身和张老师寒暄几句："张老师您回来啦？国内的工作结束了吗？"

"别提了，别提了，我压根儿就没有赶上那个学术会议，所以只在国内待了 3 个星期，给学生们做了 3 场我在英国做访问学者体会的专题讲座。每场都是爆满，两个小时，座无虚席，很受欢迎！忙完这些，我就早些赶回来了。"

张老师上一回来牛津，一直忙着帮奥兹跟陈先生打官司，哪里见他搞过什么学术交流，却能回去给学生连做3场"我在英国做访问学者体会"的专题讲座，我暗自佩服。

"不过，这3周里我也算干了几件大事，特别是给我太太办好了来英国的签证。那真是大事！"张老师握着白老师的手又摇了两下，接着说。张老师一边说着，一边解下了大背包，在我们餐桌旁坐下来。我赶紧给他倒了一杯红茶。

"是吗？那太好了！"白老师拍了张树碑肩膀一下。

"可是我从英国回昆明的时候实在是不顺利！你们不知道呀，我回国那天刚巧碰上英国机场闹罢工了！你们没听说吗？就是差不多一个月前那次，闹得凶呀，还真是阶级斗争呢，呵呵，开了眼。不过害得我整整晚回去两天，很是狼狈，等我人到了昆明，会都已经结束了。真是什么都赶上了。听说他们这里好几年才闹一回真罢工，也叫我给碰上了！"听张老师那意思，人家英国人总闹假罢工似的。

"就算多了些人生体验吧，只要是平安回去了就好，平

安就好!"白老师赶紧安慰张树碑,一边亲切地抚拍他的肩膀。

"张老师这次住在哪里?"何老师一边把刚买回来的蔬菜和酸奶放进冰箱,一边问。

"喏,就在旁边那条巷子里,你们从楼上能看见我现在住的那个房子,是个窗户朝后院的双人房间,二楼,不临马路,更安静些!"张树碑指指我们旁边的一条街。

"不过就是价格贵了点,西班牙房东,不好沟通,商量了半天,每个月才给我便宜了 5 英镑,还收了我 1000 英镑的押金!"他一边用两个食指交叉压在一起比划着 1000 英镑,一边咧着嘴无奈地摇了摇头。

"那,张老师,您的房租每月多少镑?"我顺口问他。

"呵呵,房子嘛是大了那么一点点,不过,位置、条件和这边其实也差不多,没有什么两样,但是房租嘛,呵呵,大概是略微高了点,是 480 英镑一个月。"张老师说的时候有点难为情。

"啊?"我们几个人的反应都是一样惊讶,这也真的是贵了点。

一想到之前张树碑嫌陈先生一个大单人房间每月收他 350 英镑的房租太高,非要和奥兹联合起来跟陈先生打官司,折腾得大家坐卧不宁不说,还让陈先生和太太丢了结婚戒指,最后张树碑和奥兹得到些什么呢?3 个月里基本没干别的，净跑法院和市政厅了，最后还是输了官司，还赔进去 150 多镑的诉讼费。现在张老师终于是租上了外国房东的"一手房"，谁想房租却是这么的高，我们都不知道该说点什么好。

"那西班牙老太太呀，不太懂得变通，欧洲人嘛，就是这样。她讲，贵的主要原因就是我住的时间短。这次也还是三个月嘛。她说住一年的话，就是 420 镑一个月，住半年就是 450 镑，那住 3 个月嘛，就只能是 480 镑了。"张老师见我们都不问，只好喝着茶，自己开口解释。

汇率上下浮动很大，那段时间一度英镑又贵起来，480 英镑能折合人民币 6800 元钱左右。他这房子租得真的不算便宜。

"不过，我太太两周后也来，所以这个房间就等于是两个人的房费一共 480 镑，这样想想也还算可以的，是吧？"张老师又加上一句。

"那就不错，那就不错，两个人住还算挺便宜呢。"何老师和白老师都点头。

"再一个，这一带还是很方便的，超市、邮局、车站什么都有，走路去市中心也很近！坐车去伦敦也很方便。那，张老师您太太具体哪天到？"何老师问张树碑。

"她整整两周后就到。你们如果需要些什么东西可以现在就告诉我，我马上打电话给她，让她从国内给你们捎来。

你们一点不用客气，拉个单子！"张树碑热情地说。

"不必不必，大老远的那么辛苦，瓶瓶罐罐地拖来。我只是想问问时间，看到时候我们是不是都在牛津。等你太太来了大家一定要聚一次，到我们这边来吃个晚饭吧，算是欢迎她来。大家在中国都没机会认识，反倒能在这么远的地方见面，实在很不容易，也是个缘分，大家应该好好聚一回。"何老师跟他解释说。

"哦，你们真是想得周到！"又说了几句客气话，张树碑就起身告辞了。

送他走出了院门，回了餐厅，白老师关门后转身问他太太："对了，忘记问张老师了，他刚才进门的时候大呼小叫地说幸亏遇见你，很惊险，不然后果不堪设想，啥啥啥的，什么不堪设想呀？怎么啦？刚才你们俩在路上遇到了什么事儿吗？"

这一问，不想何老师"咯咯，呵呵"地笑起来了，像刚听了笑话，停了一下她才说："你不提我倒是要忘了，你这一说我就只想笑。张老师讲话还不总是这样夸张，根本没有什么了不起的大事儿。他在市中心坐公交车，忘记带零钱了，只有一张50英镑的钞票在身上。那个司机不给他找零钱，让他下车自己去兑换了零钱等15分钟后的下一辆车。张老师不愿意下车，说英国法律也没规定不能拿50英镑钞票坐车的。那司机掂着零钱袋子跟他说，实在是没有那么多零钱找给他。如果他再不下车，就是扰乱他的正常工作，会耽误他准时到达下一个站点。你们是知道的，英国公交车每个站点到站都按时间表来的。司机这样说了，可张树碑还是不肯下车，坐在前排最宽敞的一个残疾人专用座上，依旧嚷嚷着英国法律没有规定不能拿 50 英镑买车票。两个人于是就争执起来了。恰好我骑着自行车经过那个车站，只听见司机高声说'你没有零钱就请下车！你再不下去我要报警了'的声音传出车窗。清清楚楚的，我瞥了一眼，呀，怎么是张老师坐在残疾人专座上脸红脖子粗的连说带比画。我赶紧摸出身上的零钱，上车帮他付了 3 英镑。X13 路车，不是正好和我一路嘛，他下车后恰好我骑着自行车经过，他就喊住了我，要过来看看你在不在家，说好久不见了来看看你。就这样，我们俩一路走过来了，一边走着，又跟我讲了他的这番经历，给我笑得不得了……"

我的笑点也很低，听何老师才说到"50 英镑"，我就已经像被人挠了腋窝，笑得上气不接下气。

我完全能想象出张老师用美语口音和无可挑剔的文法说"据我所知，英国法律没有规定不能拿 50 英镑一张的钞票坐公交车"的神情和语气。我顺带还想象出了一车人的各种或愠怒、或厌烦、或事不关己装作没看到、或着急、或同情的表情以及公交车司机的无奈和恼怒。只有张老师

能如此严肃认真地弄出这些个搞笑的事情!

"呵呵,呵呵。"白老师也笑,不过笑得很节省。"我还以为他又要和谁打官司呢,呵呵。"

不想,白老师的这句玩笑话,一语成谶。3个星期后,在张树碑的太太来牛津之后的第二周,张树碑又和他的新房东、西班牙单身老太阿德里娜,轰轰烈烈地闹起了官司。

张树碑的太太在国内是搞文艺的,在他们当地的一个芭蕾舞团工作。不过,她并不是跳芭蕾舞的,而是芭蕾舞团乐团里面专职弹竖琴的。每次带乐队出场的演出,她总穿着白色的或者黑色的飘飘长裙坐在舞台最后一排,优雅地弹来拨去。她和学打击乐、在最后一排站着打三角铁的那个戴镂空大黑眼镜框的30岁大男孩一样,工作量似乎真的很小,但是缺了她和他还真的就不行。节奏和情绪转换,据说就掌握在他们两位手里。

按说弹竖琴也是门洋学问,再加上张老师是教英文的,单单是在浓厚家庭氛围的熏陶下,他太太也是应该会讲几句英文的。但是,她从上初中开始就是个艺术特长生,文化课上得实在太马虎,竟然一句英文都不会讲,连个谢谢、你好之类的,她都懒得开口说。

有天傍晚,房东阿德里娜带着工人来检查厨房里的电路,恰好和他太太在一楼遇见。阿德里娜跟她"Hello",可张老师太太竟然面无表情地点点头就上楼了,上了楼也没有告诉张老师女房东来了。张老师不知道房东大人驾到，自然也就没有下楼来和阿德里娜见个面寒暄几句。这就给后来的误会埋下了小小的伏笔。

又隔了几天，阿德里娜带着工人去检修暖气管道。张老师的太太当时正在饭厅里，吃着从中餐馆叫来的外卖榴莲酥点心。阿德里娜进门后，她仍然是面无表情，只顾低头吃喝，连个招呼都不跟人打。

不过这次，张老师倒是闻声从楼上下来，和阿德里娜聊起了房子电费欠费的事情。原来是在张树碑搬来这里住之前，这房子欠了 400 英镑的电费，而且还被罚了 10%：40 英镑。账单和罚单前一天刚刚寄到，张树碑问阿德里娜该怎么处理。

阿德里娜眉头一皱，不太高兴地说："整日欠费，反正都是你们这些房客搞的！我可没有时间来处理，我看，你们还是自己商量着解决吧。"

张老师不高兴了，双手抱在胸前，开始缓缓转腰，语调低沉地说："我刚搬进来几个星期，这欠费明显是一个多月以前的事儿了，和我一丁点儿关系都没有。你作为房东，有责任协调一下的。我和他们几个房客刚刚认识，也不知道每个人都是从哪天开始住进来的，我们自己怎么商量呀？怎么算账呀？这事儿你作为房东不出面，我们弄不了的呀！"

阿德里娜也不是个好脾气的女人，马上就提高了嗓门：
"我从来都没有在这里住过一天好不好！都是你来我往的房
客在这里住，我给你们维护好这些水、电、暖气、家具什
么的硬件设施已经够辛苦操劳了，我能保证一切畅通、方
便、舒适就已经尽职尽责了，难道该及时去缴费你们都不
知道？也要我来催你们吗？没有及时去交钱现在被罚了又
心疼！难道罚款不是你们这些房客应该自己承担的吗？"

当着自己老婆的面，一个瘦巴巴、凶巴巴、干巴巴、
丑巴巴的西班牙老太太毫无道理地抢白数落他这一番，张
树碑觉得实在是很没有面子，很是恼火。

"你这是怎么讲话呢？我们是房客，你作为房东原本就
有义务给我们提供这些服务的！还说你只管保证好硬件舒
适，我房间里的那个蓝色书桌，4条腿不一样长，整天晃
来晃去的，我跟你打电话说过五六次了，请你尽快给我换
一张4条腿一样齐的，可你给我换了吗？你一直到现在都
不理不睬！你难道也这样对待你自己吗？我可是中国政府
派来的高级访问学者！我天天要用那书桌搞研究、做学问
的！你给我提供这样一张4条腿不一样齐的桌子，不是糊
弄我吗？你这算是保证了我正常的生活秩序和学术研
究吗？"

张老师起头儿还讲着有点咬文嚼字的学院派英语，但
是从"腿儿都不齐的书桌"开始，他就控制不住自己的嗓

门。联想到数日来这蓝色瘸腿木书桌给自己身心和情感上带来的蹂躏，张老师越来越高声地对阿德里娜发起了牢骚，表达着自己的强烈不满。

可不是吗？堂堂大学副教授张树碑博士在国内何曾受过这等委屈。

张树碑的太太在旁边一句英文也听不懂，但是，她看到丈夫激动生气了，明显感觉到她老公和房东老太太之间为了什么事情正在争执，有分歧，甚至可能是出现了矛盾。

张老师太太马上放下手里的点心走了过去，站到了张老师的背后，怒目圆睁地看着阿德里娜。她以为，这样至少算是从人气上给自己老公助长一下气焰。

没想到张老师太太的表情一下子让阿德里娜回忆起了几天前，她跟她打招呼说"Hello"（哈喽），张老师的太太连理都不理她的样子。

当然早不是有色人种就比白人无端低贱的年代，但是阿德里娜内心深处对华人是有点轻看的。本来这点轻视和瞧不起是藏得好好的，可这一闹，就给加倍激发出来了。情绪一起，她白里泛黄的脸上皱纹显得更深了一些，对着张老师太太大声发问："请问这位女士，你是谁？根据我手里的有效合同，你根本就不是我这里的签约房客，请问你为什么会出现在这栋房子里？现在又干什么在这样盯着我看！"

西班牙人说话，原本语速就快得很，阿德里娜一着急起来，更是嘀哩咕噜葡萄一样一串连一串的，再加上她还一直用 ing（英语的现在时态）那种强烈的语气质问个不休。张老师的太太一个词都听不懂，转头看她老公，一脸疑惑和期待，等他给快点翻译。

张树碑这时本应息事宁人，随便说两句也就过去了，谁想他大概也是被阿德里娜的傲慢和不讲理激怒了。他一字一顿地对他老婆翻译说："她说，你是谁？哪里来的？你算哪根葱！也敢和她瞪眼！这里是她的地盘儿！"

张老师亲口告诉过我们的，他之前翻译过 12 本英文书，不过全是菜谱。"她说你算哪根葱，也敢和她瞪眼！"这句里显然还有"葱"，好像没能和菜谱全然脱了干系。不过，这句话注定是他这辈子里翻译得最精彩的一句，效果比他菜谱书中的任何一句都好。

张老师太太马上就发了飙，把她看好莱坞电影学来的 3句英文全部用上，右手食指指着老太太鼻子，超大声地叫道："Fuck you! Shut up! Get out!"（他妈的！闭嘴！滚出去！）

房东老太太实在是万万都没有料到，在自己往外出租的房子里，被房客这样叫骂，气得她浑身发抖，嘴唇都哆嗦着，铆足了劲，同样高声地回嘴叫骂道："Bitch! Prostitute!"（母狗！妓女！）

　　我以前以为张老师太太和西班牙女房东阿德里娜骂出口的这些脏话都只会在电影里出现，没想到，她们真的在生活中如此熟练地使用这些语言！声震屋瓦，直到半夜睡觉的时候，耳畔还在回响这些经典台词。

阿德里娜：原来也是个二房东！

西班牙女房东阿德里娜女士其实并不是很老，只是欧洲人的脸极容易生皱纹，看着显得老。她刚刚51岁，不知什么原因，一直是个单身贵族。她和自己已经70多岁的老母亲住在牛津 Summer Town 边上的一栋带大院子的老宅子里。

那边的房子，听说大多是祖上传下来的。

据阿德里娜说，19世纪以前，英国只有牛津大学和剑桥大学两所大学。牛津大学的学者大多数是在12世纪初英格兰和法兰西的那场战争中，从巴黎大学跑回牛津去的英国人。而剑桥大学则是13世纪初期，牛津的部分师生因为不堪忍受与当地人越来越多的纠纷和日益尖锐的矛盾，甚至是流血冲突，又从牛津跑去剑桥新创办的一所大学。追溯起来，牛津夏日城一带的老房子，大都是牛津大学第一批获得教会准许结婚的、有地位的学院管理者和教授们，

自己动手设计和建造起来的大宅子。从 16 世纪中期（1551
年）开始，解放了的他们终于不必按照教会旧的约束独身
终生，而是获准可以娶妻生子，组成家庭。但是最普通的
学院研究者，却是一直到 1868 年才被允许结婚。当时建造
这些房子的时候，每个院落都是宽大明亮，每座宅子都有
至少四五个卧房，大院子，大草坪，花树葱茏。可想而知，
刚从苦行僧般的生活中获得自由的教授和学院管理者，多
么渴望生上一大堆孩子，过上幸福的正常家庭生活。这么
说来，阿德里娜祖上怕还是个书香门第呢。

　　再说张树碑太太跳着脚骂完"Fuck you""Shut up"和
"Get out"（他妈的！闭嘴！滚出去！），还不过瘾，看那架
势似乎是要冲上去和阿德里娜再扭打撕扯一番才痛快，吓
得张老师直往楼梯上推她，一边压低嗓音说："快上楼回你
自己房间去！你以为这是在中国呀，别再骂了！还有，千
万记得，万万不能动手，一根手指头也伸不得！万万不能
有肢体接触！不然等警察来了，就说不清楚了！再说这里
毕竟还是人家的地盘儿，人家不会向着你的……"

　　张树碑一边推自己太太，一边听耳后又传来阿德里娜
大骂"Bitch"（母狗）和"Prostitute"（妓女）的声音，这
回他可不敢再翻译了。张老师太太虽不懂意思，但是断定
不是好话而且肯定是在咒骂她，加上张老师又不肯翻译，
那就更证明这话恶毒。怎么能吃了这亏？于是她挣脱着回

头再次震耳欲聋地咆哮大骂一声"Fuck You"。大概引起了共振，眼见挂在木楼梯上方那一小块天花板上的褶皱纸做的灯罩都应声晃动了两三下。张老师太太又着急又苦恼，一开口，只能讲这三句，重复骂，也只能从中挑出一句来，别的她都不会讲，仿佛武功高强的人被反捆住了手脚还蒙了眼睛，完全无法施展，当然苦闷。

我猜张老师光脚量身高大约一米五八，他太太大概也就一米四八的个头。张老师见言语已经控制不了局面，干脆架住他太太的两个腋窝，把她举着往楼上房间送去。张老师太太身体左右扭摆，还把住了楼梯狠劲儿挣扎着，一边还对张老师嚷嚷："她这么凶，臭老太婆，还骂我'破鞋'，你都不管管呀！也不翻译给我听到底是在骂我些什么话！"

餐厅这边，阿德里娜使完浑身气力反复大骂几次"Bitch"（母狗）和"Prostitute"（妓女）之后，突然捂着心口窝，眼神直直，软绵绵地倒在了餐厅的木地板上。

张老师正使出全身力气架着自己老婆，连劝带推地往楼上送，听到咕咚一声，回头一看，不得了，架着老婆的胳膊都吓得一颤。幸好那几个波兰暖气工还在，张老师赶紧叫他们帮忙打了医院的急救电话，救护车"喂哇——喂哇"大叫着，很快就把阿德里娜送去了医院。

可是一到医院，还没有做任何的检查，阿德里娜就恢复如常了。她自己坚持不必做检查了，对医生说，自己身体没有任何问题，但就是不能生气，只要生气或者激动就会这样。见她自己这样说，医生也没有坚持要给她做检查，只给她量了量血压，测了测心跳，让她注意观察，有什么新情况，及时回医院来检查咨询。

倒是张树碑在一旁一直扑腾腾地心跳加速，他担心阿德里娜趁机讹他一把，说不定就直接住进医院里不出来了呢。在中国，住院有时候比住那五星级酒店贵多了，这要是在大不列颠的英格兰住上了医院，再当成旅馆一样住起来没完没了，那还了得？一想这些，张树碑张老师额头上已经开始渗出细细密密的汗珠子了，甚至有点头晕目眩的感觉。

没料到，跟演电影似的，阿德里娜醒了以后根本不当回事儿。医生竟然也不当回事儿，张树碑看着都觉得新鲜，一边擦汗，一边另一只手伸进牛仔裤口袋狠狠掐了自己腹股沟一把，"哎呦"一声喊了出来："真疼！看来不是做梦！"引得阿德里娜很警惕地转头看他，可又听不懂他是不是在用中文骂人，但是看那神情不像。

张树碑这边确定是真实的场景后，汗倒是马上就放得轻了，心下暗喜："果然名不虚传，鬼佬们还真是有点傻。这是多么好的机会，她都不知道趁机诈我一下……"

张老师不知道，人家是真没有必要讹诈他这个。随时

需要去医院，虽然也得预约排队等候，但几乎不要花他们自己一分钱。再一个，好好的，人家干嘛要假装病入膏肓在医院里住个没完没了呢？就算她想住，医院也不收她呀！

但是表面上，张树碑赶紧跟阿德里娜道歉，说刚才完全是个误会，希望她原谅。身材同样不高，穿上高跟鞋才能和张树碑平视的阿德里娜仍然很生气，像骄傲的天鹅一样高高扬着脖子，根本不理睬张树碑。她谢过医生，咯噔咯噔踩着高跟鞋出了门，去医院旁边山顶上的巴士总站，搭乘纵贯牛津全城的 X13 路公交车回家了。张老师没等来阿德里娜一句谅解的话，也就只好灰溜溜地离开了。

那家以当年诊所创始人的名字命名的大医院位于一个山坡上，其实离我们这里很近，步行到海德里道 28 号也就只需要 15 分钟，距离张老师的新家就更近了点。

在回自己住处的这一路上，张树碑踱着步子，一秒都不停地在动用脑细胞，琢磨来琢磨去，终于拿定了一个主意。一旦阿德里娜因为今天的事情和他解除房子的合约，或者是要扣下他的 1000 英镑押金不给他，那他就反过来去法院告她，不告别的，就告她在两周内还没有到牛津市政厅的相关部门去做"房屋押金保护"。

"对！太妙了！如果她敢说解约，或者哪怕是想扣下我一分钱的押金，我都要先下手为强，马上采取法律手段，把她告上法庭。"张树碑在心里面对自己说。

　　阿德里娜拖拖拉拉一直没有按照市政厅的规定去办理"房屋押金保护"，这是张树碑无意之中从牛津市政厅给房主和房客寄来的一封催促信里面发现的。这里的市政厅经常给房东和房客发信，介绍街区的治安情况、警力安排、垃圾分类清理、房屋管理等各种信息。

　　做"房屋押金保护"，就是房东需要把从房客那里收来的押金悉数交给市政厅指定的押金管理公司来负责管理。这样，一旦租住过程中出现了问题，闹了纠纷，比如房客恶意破坏了房屋或者家具，抑或是房客遭到了房东的刻薄和不公待遇等，这个部门就会出面做出裁决，判定房客赔偿多少押金，或者裁定由房东承担多大比例的损失；在房客的租期结束时，房东检查过房屋没有问题后，就会通知这个"房屋押金保护"管理部门，委托他们把押金转回到房客的银行账户上。

　　"押金保护"的原本目的，无疑是希望房东和房客双方的利益都能得到公平保护，但是也在一定程度上限制了房东的资金周转。特别是对阿德里娜这种月月需要还贷款的房东，还有像陈先生那样的每月都得付给大房东不少钱，同时还要拿钱给房子搞装修、买家具的二房东来说，这个"押金保护"还真是个挺烦的事情。

　　琢磨出"告就告她没做押金保护"这个主意后，张树碑才一步一抖小腿，哼着《刘三姐》，放心地回了家。"这

边唱来那边和，山歌好比春江水……"

张老师心知肚明，今晚的事情自己和老婆着实是理亏。在送阿德里娜去医院的救护车上，他甚至绝望地考虑过，万一阿德里娜就这么被他和老婆搞得气绝身亡了，自己会不会被关进当地的监狱，罪名会是什么呢？扰乱公共秩序？过失杀人？如果真被抓了，消息传回国内他工作的大学里，那些和他抢职称的同事们会怎么添油加醋地四处散布传播？自己前妻那一家人如果知道了自己在英国被抓，又该会有多么开心和幸灾乐祸？现在的太太会不会离他而去？想着想着，眼角都略为湿润了。

但是现在，他感觉自己手中紧紧握住了阿德里娜的把柄，仿佛又有了秘密武器，拿住了她的命门，在这个"高度法治国家"，他的心里面一下子又敞亮起来，舒服起来。不然，他这一晚肯定是要辗转反侧，失眠到天亮的。

要说张树碑张老师盘算出的小九九，也不完全是杞人忧天。果然不出所料，阿德里娜咽不下这口气，第二天下午，她就带着两个身穿藏青色西装和白色衬衣制服的年轻小伙子，走进了海德里道28号旁边那条巷子里，张树碑和太太租住的小房子。

"你们自己上楼敲门看房间吧，我实在不想看到他们！"按了几下门铃，没有人来开门，也没有人回应，阿德里娜只好掏出自己的钥匙开了门，然后一个人去餐厅的藏蓝色绒布沙发上坐下，她让小伙子们自己上楼去看房间，而他们要看的，正是张树碑和太太住的那间房。

那两个小伙子刚敲了两下，张树碑就打开自己房间的门，从屋子里走了出来。他已经听到了阿德里娜对他俩说的那句话："你们自己上楼看房间，我实在不想看到他们。"

"请问怎么回事？我的房间签了 3 个月合同，你们两位先生来看我房间做什么……"张树碑起头儿仍然问得很有绅士派头。

"哦，是这样的，我们是阿德里娜女士的同事，她这个房间现在想委托我们两个人继续向外出租，换句话说，就是您需要尽快搬走。今天，我们要拍几张这房间的照片，好快点挂到网上和店里。"挂胸牌的小伙子说。

张树碑盯住他的胸牌看了足足 5 秒钟："Mr. Black（布莱克先生），牛津郡 A 级中介机构，'帮你租'住房中介服务有限责任公司。"

"阿德里娜和你们是什么？同事？"他扶了一下眼镜，大惑不解地问这位 Mr. Black（张树碑职业化地在心里说：黑先生；按习惯一般音译为：布莱克先生）。

"是的，她是我们的同事，确切说，算是我们的前辈。"小伙子用来称呼阿德里娜的的英文词，直接翻译过来应该是"资深人士"或者"长者"。

张树碑一下子反应过来了：我的老天呀！原来阿德里

娜也是个"二房东"呀！My God！我的上帝老天爷呀！

张树碑懵了，一时不知道该怎么办好，怪就怪自己呀，当时真还没有多问一声阿德里娜，这房子到底是她自己的呢，还是她本人就是一个房屋中介。哎呀，找来找去，这不是找了一个女"陈盛世"吗？而且，陈盛世是个个体户，有事儿还好商量，容易变通些，这阿德里娜看起来还是有规模、有组织、有纪律的。张树碑这次真的全身每个毛孔都放汗了。

小伙子们进屋拍照，张树碑在一旁琢磨着主意，脸色都渐渐煞白了。他先前和陈先生打官司，学习查阅过相关的法律条文，有些内容他还历历在目：6个月以下的租房合同，实际上是无效合同，严格来讲，就是不受法律保护的，只是房客和房东之间的一纸约定而已，能不能被当地法院认可都很难说，更别说凭借它维护自己的权益了。

也就是说，如果阿德里娜真要整他，让他立马提箱子走人，他一点办法都没有！那真的是"管你是无家可归还是露宿街头呢"。如果只是他自己一个大男人和她斗还好说，睡公园、躺椅子也不怕。可一想到还有一个除了那三句话外，一句英文都不懂，还骄傲得很的竖琴艺术家太太跟在身边，张树碑心更慌了。

张老师的太太当时正在海德里道28号，她来找我和何老师，正和我们聊着，要让我带路去城里的商店和距离牛津城不太远的比思特购物村（欧洲四大购物村之一）里，买免税钻戒和名牌手表。大家聊得正开心呢，张老师打电话来了，说要让白老师接个电话。

白老师听明白之后，也不能立马拿出个合理化建议，又跟正在餐厅喝茶的张老师太太、何老师和我商量。何老师和我都觉得不要把事情闹大，好好和阿德里娜沟通一下，道个歉，和好算了。无论怎么说，骂人确实不太好嘛。再说，人家是本地房东呀，算是地头蛇了，强龙还不压地头蛇呢，和为贵嘛，不要那么较真儿了。

但是张老师太太实在不服气，两条仔细描过的一字眉毛在额头中间拧出了一个小疙瘩，恨恨地说："你们那晚是没在现场，没有看到她那副丑恶嘴脸！她绝对是歧视我们中国人！没说几句话，就装模作样地倒在我们餐厅地上，吓得我们树碑以为她要死了，赶紧叫来救护车把她送去医院。谁知道一进医院，她倒能自己下地走了。我看她就是装出来的样子吓唬人、折腾人……我骂她还骂轻了呢，我们家张老师又教了我一句'死笨死特儿'（spinster，老处女），还有'呕得美'（old maid，老姑娘）！改天我再见了她，就骂她这两个词！骂得她再犯了心脏病才好！她那天还恶狠狠骂我'破什么'呢。"

我猜张老师太太是说西班牙女房东骂她"prostitute"，听着发音是有点像说"破什么"。张老师太太在心里早把阿

德里娜骂的这个不知什么话，和"破鞋"给联系上了，以为是老太婆竟然知道，并暗指因为她的介入，张树碑才结束了第一次婚姻。张老师太太很是吃惊，心想怎么跑到这不列颠来，竟还会因为这件事儿被戳脊梁骨，心里恼怒得不轻。所以，必须继续刻苦再学几个新的词，来痛骂那帝国主义女房东阿德里娜。

"再说，西班牙人当年也参加了八国联军，漂洋过海跑到中国搞掠夺！"张老师太太加上一句，进一步证明自己骂得有理！

"哎哎哎，不要不要，不要再骂了，那哪里是在骂她？那分明不是在骂我们自个儿吗？！"白老师轻轻叹了口气。

白老师是那类典型的中国知识分子，人在国外，特别注意个人的言行举止，穿衣戴帽还多少模仿英国的学者，做起事情察言观色，讲究仪表风范。尤其是和鬼佬同事们在一起的时候，他花起钱来都比自己一个人行动时更大方些，行为上也使劲儿地向着优雅绅士做派靠近些。

白老师最不愿意被外国人看低了，也最不愿意看到同胞丢人现眼，最受不了的就是听人说"就你们中国人这样那样"之类的讥讽，有时候甚至到了敏感的地步。比如坐公交车，别人多看他一眼，他就以为自己误坐到了残疾人或者老年人的专座上，眼睛赶紧四处找标识。确定了不是还好，如果万一真是，他除了马上就站起身换座位，脸颊都会羞得发红。白老师心底深处似乎有个原则：和平年代，咱照着最体面最有涵养的方式来展现自己，这不就是最大的爱国吗？白老师是个知识分子，知识分子往往看重自己。何老师常笑他："也没谁选他代表国家，可他自己总觉得就能代表得了，还雄赳赳气昂昂的。"

但是无奈，张老师太太似乎根本听不懂白老师在说些什么，他们俩的思维也是两股子平行线，根本没有一个点能互相搭上。

"我骂的就是她！她以为她是房东就了不起了吗？我们住她家的房子就该看她的脸色了吗？她以为我们窝囊到她想怎么欺负就怎么欺负吗？没门儿！连房租带水电煤气费，我们一个月交给她将近7000块钱呢，又不白住她的，这整日仿佛谁欠她几吊钱一样哭丧着脸的老太婆……"张老师太太接着说道。

"问题是，她不是房东，她也是个中介，其实也就等于是个二房东！"白老师不急不火地对张老师太太解释说。

"现在麻烦就麻烦在这里。张老师刚才电话里说，3个月的租房合同实际是无效的，不受保护，他担心那西班牙女人会趁机赶你们出门。听说那天晚上你们双方都不太客气，也让她难堪了，还气晕过去了？"白老师接着说。

张老师太太一听"会趁机赶你们出门"，刚松开的眉头一下子又紧皱起来，急火火地抓起包，起身就走了："我得

赶紧回去找树碑……"

我们几个面面相觑，看着她高跟靴子、细腰、窄臀、贴身及膝裙一扭一扭走出院子的背影，也不知道该一起跟着过去看看，还是稍安勿躁地待在家里等消息好。

突然，何老师提醒："老白，你打个电话问问陈先生吧。他毕竟在这里生活得时间久，他应该知道得多些。问问他，遇到这种情况，该怎么处理比较有效，比较好。"

陈先生接了电话，"嘿嘿"了几声。他嘴上虽然不说什么，大概心里多少也有几分想看张树碑笑话的意思。毕竟张树碑曾经让他吃过那么大的亏，而且，无缘无故的，毫无防备的，昨天还笑着，今天就给你背后捅上一刀。不过，略一思量，他还是决定算了，不计前嫌了，不要那么小心眼儿了，异国他乡的都不容易。他迅速动脑想办法、出主意，让白老师给张树碑张老师捎话。

陈先生说："不必惊慌，按兵不动。如果她硬要赶你走，你就说，不管合同有效无效，押金和房租你已经收了，我这里有收条，那我们大家就是存在这个实质上的契约关系。至于合同到底有效无效，要等法院和市政厅来裁决。这就给自己争取了时间。另外一个，如果房东悔约，临时通知房客走人，按照行规，至少是要提前 72 小时下书面通知单告知房客的。通知单应该贴到房门上，房客看到了后是要签上字的。口头让房客走人是不能算数的。所以，无论她说什么，今天肯定不能走。就算真的要走，最早明天一早她给了正式的通知单，那等 72 小时以后，你们大后天下午或者再次日才能走。不如，等过了今晚，明天下午，约阿德里娜一起去城里，找家咖啡店坐下来喝杯茶，喝杯咖啡，真诚一点邀请她。如果三个人真能坐下来聊聊，那就道个歉，把事情都说开了，也就没什么事儿了。毕竟，把人赶走，房子空了，对谁都没有好处，她作为房东还损失了房租呢。所以，估计阿德里娜也就是咽不下这口气，气得慌而已，得给她个台阶儿下，他张树碑不正好也等于是给自己一个台阶下嘛？根据我的经验，和平解决是最好的办法！省钱省力，还维护了面子和感情！"

白老师也感觉这套办法不错，可操作性强、成本低，估计见效也快，他马上负责任地原样转述给张树碑张老师。当然，他压根儿没敢说这是陈先生说的，只说，"集思广益，集思广益，我们大家伙儿都觉得这种温和的处理方法好些，用我们老家话说，你那边也算'骑驴打滚儿顺坡下'了。"

可没想到张老师偏要打破砂锅问到底，他对白老师说："你们几个是不是一转身就都告诉陈盛世了？您得告诉我，他陈盛世到底参与了意见没有？如果是他出的主意，我可半句都不听，他肯定不安好心！专门赚同胞黑心钱的资本主义走狗！"

　　白老师劝他："甭管是谁的主意，就是以和平稳定为重，以成本最小化为目标，真闹起官司来对谁都不好！你哪里还有时间和精力搞你那个'莎士比亚和曹雪芹的比较研究'呢？是不是？你不多少搞出点像样子的东西来，回去怎么跟学校领导和自己的学生们交待呢？"

　　张老师的偏执劲头又上来了："我就知道肯定是他出的鬼主意，一听就是卖国贼嘴脸，只认钱了！谁要他管了！他瞎扯淡！咸吃萝卜淡操心！我不怕，脸都已经面对面撕破了，我就是要和这个帝国主义西班牙死老太婆闹场国际官司，她还有把柄在我手掌心儿里面牢牢握着呢！我要让她知道我们中国人不好惹，别老想欺负我们！她以为，还是原先八国联军那会儿吗？帝国主义欺负我们欺负得还不够吗？还约她喝下午茶吃点心谈天呢，扯淡！完全是瞎扯淡！我们中国人民早站起来了，绝对不能和她妥协，不能让她这个帝国主义老太婆以为我害怕了，更不能让她以为，她现在反倒是掌握了事情的主动权了！"大概实在是气急了，张老师破口大骂了。

　　"哎，哎，哎，张老师！"白老师打断他，"张老师，我建议，咱们且先不管谁掌握主动权，谁是资本主义，那些话长了，咱们只讨论怎么解决眼下你这个问题，是住下去还是卷铺盖走人？其实一开头儿，张老师，我有话就直说了哦，我觉得咱们先开口骂她就有点不太好，是不是？你这边一旦先开口骂人了，那她之前说话再不合适再有种族歧视倾向，也一下子都变成你不对了，咱就有点理亏了是不是？那么，在这个前提下，咱们道个歉也没有什么了不起的！不丢人！如果她不接受道歉，那咱们再议。但是，如果她当面表示接受你道歉了，那这件事不就过去了吗？这不就是最简单最可行的处理办法吗？问题解决了就行了，难道不好吗？然后，你，就投入地去搞你的那个'莎士比亚和曹雪芹的比较研究'，你们家弟妹、我们家何老师和楼上住的姑娘，她们几个女的，就揣着'北京镑'逛比斯特购物村去，买大个儿的免税钻石，买瑞士手表，能买得起的咱都买！大家多开心呀。而且，那西班牙女人也不会少拿了一分房租，她也高兴呀！皆大欢喜！多好呀！你上次来牛津3个月，这次来牛津也才住3个月，何苦找那些个不愉快再给自己添堵呢？干嘛老纠缠在这一件事情里？上次那3个月，就净打官司了！和奥兹他们那事儿，耽误咱们多少工夫呀？那不正是个经验教训、前车之鉴吗？这回还闹官司？你说是不是呢张老师？这回咱们不能折腾了！"

"北京镑"是英国媒体用英文的造词法捏出来的一个新词儿。说的是中国人在英国花销的英镑，都是来自北京（代指中国大陆地区）的。据说在2009年到2011年，英国有几家媒体所做的调查显示，在英国一些打折季里，奢侈品消费的一半以上是中国人用"北京镑"买走的。还有报

道说，中国人在全球的奢侈品消费有望突破每年 1600 亿
元。英国媒体把这些钱全部称为"北京镑"。白老师在劝说
张树碑不要打官司的时候还不忘记幽上这么一小默，可谓
用心良苦。但是，无论他怎样说，张老师的脑筋就是不肯
跟着拐弯儿。

张树碑气哼哼地嚷嚷道："我一听就不对劲儿，我就知
道这肯定是陈盛世给出的馊主意！让我请那个死老太婆去
城里喝茶饮咖啡，跟她道歉？我闲得没事做了呀！陈盛世
这不是明摆着想让我丢人出丑！纯粹是面对帝国主义的奴
颜婢膝！奴性不改！好了，就到此为止，这件事你们都不
要再管再问了，我自己会处理好的！反正我有经验，已经
打过一回官司了，无非再多打一回，我怕什么！"

张树碑上次打官司，从牛津城里宽街上著名的布莱克·威
尔书店买回来的那本大部头的法律书，现在正躺在陈先生
房间的木头窗台上晒太阳呢。那大厚书和一个锥形的不
锈钢花瓶做了邻居，花瓶里正插着一大捧鲜黄色的野菊
花，配上具有裙摆弧度的原白色蕾丝窗帘，把陈先生的
白色木窗台布置得和我以前放假短住过的房东琳兹女士
家的窗台一样，地道英国人家，散发着岁月的味道，雅
致而温馨。

那本大厚书 97.99 英镑，当时折合 1200 多元人民币。
张老师这次可不打算再花那个冤枉钱了，书，他也不能从

陈先生那里讨回来呀，于是他每天一起床就骑着自行车去全世界最厉害最牛的牛大图书馆查阅相关法律条文，然后把有用的条款和信息的电子版或者照片拷贝到自己的电子信箱中。学校发给他图书馆卡的时候，肯定没料到，还会有这等妙用，图书馆成了法律顾问。

在用图书馆的电脑查书目的时候，张老师无意之中还发现了一个令他十分激动的案例。在伦敦郊区，有几个房客因不满房东在合同结束时寻找各种借口扣下他们的租房押金，便联合起原先也吃过亏的10多位房客，铆足了劲儿把恶房东告上了法庭，诉他对待房客刻薄，无故克扣押金。最终，不饶人的房客们还真的把这恶房东给告倒了，房客每人都获得了三倍于租房押金的赔偿近800英镑。只是，此事发生在五六十年前，20个世纪的50年代末期。

尽管此成功案例年代久远，张树碑仍如获至宝，备受鼓舞，把电子版的报纸报道拷贝到了自己信箱里。下午他哼着歌骑自行车回家的时候，还专门拐了个弯儿，先进了我们的海德里道28号。一进门就跟白老师说："白兄，跟你说，这回我算是赢定了！我要让他们英国人的法律教科书上，出现'亚洲房客告倒本国房屋中介的首个案例'！我要让这个事儿产生深远的国际影响！当然了，至少得给我3倍的赔偿，那可就是3000英镑！顺带的！"

白老师拍着张树碑的肩膀，反复说："树碑呀！张老

师！我看你还是要再冷静考虑一下，我觉得你主要是考虑一下'时间成本'。你再冷静一下，好好考虑考虑。我一贯主张，官司能不打就不打，尤其是我们现在身在异国。就算在国内，打场官司也不是那么简单的！不管在哪里，打官司都是费时费力、劳民伤财，还伤精神，像我们老家人说的'撂起块石头打天'一样，一点都不夸张！根本不知道啥时候会有结果！"

"白兄，白老师！我一直很冷静的嘛！时间，那是牛奶一样，挤挤总会有的！说实话，我不为别的，我就是为了给咱们中国人争口气！我一定要让她看看，咱们作为新时代的中国知识分子，怎么'以智取胜'！中国人可不是那么好欺负的！我们不是软柿子，她想怎么捏就怎么捏的！罚她那3000英镑，那只是顺带的！那可是她本应该付出的代价！嘿嘿。"

白老师马上就像噎住了一样，说不出话了。

张树碑张老师总是能把"民族气概"之类的名头那么堂而皇之、自然而然地冠到自己的头上，挂在嘴巴边儿上。他把这些搁进去无数"添加剂"的"精神"大肆渲染，白老师一下子就找不到突破口去说服他了。仿佛谁劝他，谁就不爱国了，谁就懦夫汉奸了，谁就奴颜婢膝了，甚至就等于是向霸权低头，跟帝国主义同流合污了，就从此再也不配当黄皮肤、黑头发、黑眼睛的炎黄子孙了。

"哎呀呀，还要再跟他说什么好呢？张树碑这点还真要命！钻进牛角尖就不出来了！"白老师在我们海德里道28号的餐厅里，就地踱步转圆圈，盘算着该怎么办。

"算了算了，要打官司就让他打去吧，反正时间是他张树碑自己的，英镑也是他张树碑自己的。"白老师实在没有办法。

而对面的张老师，正在眉飞色舞地跟白老师描述着打赢了官司搞到那3000英镑罚款后，要请老白去牛津当地最好的中餐馆痛痛快快喝上一场酒："……上茅台，点梅菜扣肉、烧鲈鱼、凤尾虾和葱爆海参，吃得差不多了，让厨师把鱼头给咱俩氽个热汤，撒一小把香菜末，或者干脆，另外再叫个酸辣汤……"

后记

把这本书献给我的所有家人，特别是爸妈、妹妹、East Guo 和 David Guo。有你们，是我人生最大的意义和快乐。

Thanks to Warren Buckland′help （Warren Buckland teaches film studies at Oxford Brookes University. He is author of eight books，including *Film Theory：Rational Reconstructions* （2012）；*Directed by Steven Spielberg* （2006）；and the best-selling *Teach Yourself Film Studies* 〔2008〕），沃伦·巴克兰德（Warren Buckland）为本书英文部分做了校正。沃伦·巴克兰德是欧美电影研究领域具有重要影响力的著名学者，现为英国牛津唯一拥有电影研究专业的布鲁斯大学（Oxford Brookes University）的博士生导师。目前他已编、著有 20 多部作品，以 87 个版本、7 种语言文字在全世界出版发行，其中包括畅销多个国家的作品《电影研究入门工具书》（*Teach Yourself Film Studies* ，2008），他的作品《电影认知符号学》已经雍青翻译

成中文并将于 2013 年年初由中国社会科学出版社出版发行。感谢 Warren 为本书英文部分做的校正；感谢本书编辑中央编译出版社杜永明先生、青岛崔立群女士；感谢@单蓓蓓 qd、@菩提须问、@连谏、@良友大漠、@出版人王三石、王法艳、何毅、@candy090212、墨点工作室、薛原；非常感谢高继民先生、油画家宁雷先生；非常感谢青岛保税港区管委在作者创作后期，为采访、插图创作采风等必要活动所提供的支持与帮助；感谢所有对本书有帮助的朋友。

欢迎关注新浪微博@王菲 FayeWang，请告诉作者你的阅读感受，说出你的故事观点。

图书在版编目（CIP）数据

牛津的夏天：海德里道 28 号 / 王菲著 .
—北京：中央编译出版社，2013.1
ISBN 978-7-5117-1547-0

Ⅰ . ①牛…

Ⅱ . ①王…

Ⅲ . ①纪实文学 – 中国 – 当代

Ⅳ . ① I25

中国版本图书馆 CIP 数据核字（2012）第 296320 号

牛津的夏天：海德里道 28 号

出 版 人	刘明清
出版统筹	谭　洁
责任编辑	杜永明
责任印制	尹　珺
出版发行	中央编译出版社
地　　址	北京西城区车公庄大街乙 5 号鸿儒大厦 B 座（100044）
电　　话	（010）52612345（总编室）　（010）52612340（编辑室） （010）66161011（团购部）　（010）52612332（网络销售） （010）66130345（发行部）　（010）66509618（读者服务部）
网　　址	www.cctphome.com
经　　销	全国新华书店
印　　刷	北京瑞哲印刷厂
开　　本	880 毫米 × 1230 毫米　1/32
字　　数	158 千字
印　　张	9.25
版　　次	2013 年 1 月第 1 版第 1 次印刷
定　　价	30.00 元

本社常年法律顾问：北京市吴栾赵阎律师事务所律师　闫军　梁勤

凡有印装质量问题，本社负责调换。电话：（010）66509618